MEMOIRES

POUR SERVIR AUX

ESSAIS

DE

MICHEL Seigneur de MONTAGNE.

CONTENANT

I. Le Vie de Montagne avec des notes Hiſtoriques par Mr. le Preſi-
dent Bouhier.

II. Le Paralelle et la Comparaiſon d'Epictete et de Montagne, par le
Celebre Mr. Paſqual.

III. Le Traité de la Servitude volontaire, ou le contre—un par Etienne dela Boitiee ami de Montagne, avec des Notes Hiſtoriques
par Mr. Coſte.

L'on y--- a joint un Sonnet a la, Louange de Montagne, par Expilly
et une notte ſur Arius et ſon Pape, Expreſſion de Montagne dont
on avoit cherchée inutillement l'Explication dans les trois Edition
publiées par Mr. Coſte, et qui lui a eté communique par le ſca-
vant Mr. Barbeyrac Profeſſeur a Groningue.

SECONDE EDITION.

A LONDRES:

Chez GUILLAUME DARRES, et CLAUDE DU BOSC, au Coin du Marché aux
foin aux trois Fleurs de Lys, d'or; et JEAN BRINDLEY Libraire de ſon Alteſſe
Royal Monſeigneur le Prince de Galle dans New Bond Street. M.DCC.XLI.

A MONSIEUR

Monsieur le President

BOUHIER

DE

L'Academie Françoise.

Sapienti ſat----eſt.

A V I S

Sur les Additions, dont on a pris foin d'en‑
richir l'Edition in quarto des *Eſſais de
Montagne*, publiée à Paris en 1725.

DE quatre Editions des *Eſſais de Montagne* que
M. Coſte a données, celle qui parut à Paris
en 1725. in quarto, l'emporte ſans contredit
ſur les autres par la Beauté de l'Impreſſion, & par
l'Exactitude de la Correction. Mais la derniére
qui a été miſe au jour en 1739. contenant quel‑
ques Piéces qui n'avoient point été publiées dans
les précedentes, on les publie ici pour être ajoû‑
tées en forme de SUPLÉMENT à cette Edition de
Paris in quarto, de l'an 1725. avec une Piece de M.
Paſcal, intitulée, *Le Caractere & la Comparaiſon d'Epic‑
tete & de Montagne.*

I.

La première Piéce dont j'enrichis ce Suplément, a
été inſerée dans la quatriéme Edition ſous ce titre,

AVIS SUR

Memoires fur la Vie & les Ouvrages de Michel de Montagne. C'eft M. le Prefident Bouhier qui en eft l'auteur. Outre bien des particularitez remarquables qu'on y trouve concernant les Ancétres de Montagne, M. Bouhier y fait le portrait de Montagne, de fes inclinations, de fon génie, des agrémens de fon Efprit, de la bonté de fon Cœur, des principes de fa Morale ; & l'on peut dire en général que ce Jugement, plein de Candeur, fera toûjours honneur à la pénétration de cet illuftre Préfident, & qu'il fixera le vrai Caractere de Montagne dans l'efprit de tous ceux qui fans partialité l'examineront avec toute l'attention requife pour en penetrer les fondemens. Ce fera deformais un accompagnement effentiel aux Effais de Montagne, & dont on ne manquera pas d'orner toutes les Editions qui fe feront à l'avenir de cet Ouvrage.

II.

La feconde Piéce eft intitulée, *Caractére & Comparaifon d'Epictete & de Montagne*, par le celebre M. Pascal. Ce nom fuffit dans l'efprit de bien des gens pour en faire un Eloge complet. S'il eft certain, * comme nous l'affure M. le Prefident Bouhier, que Montagne a fait profeffion de fuivre la Morale des Stoïciens, il eft heuruex que Pafcal fe foit avifé de joindre le Caractere d'Epictete avec celui de Montagne. Cette Piéce, qui n'a jamais paru

---

* *Pag.* 16. de ce SUPLE'MENT.

dans aucune Edition des Eſſais, eſt d'ailleurs fort courte, ce qui en reléve la beauté. Car on ne peut aſſés admirer que Paſcal ait pû raſſembler tant d'idées en ſi peu de mots, & ſi diſtinctement qu'on y voit comme en deux Tableaux de mignature, ſans la moindre confuſion, tous les traits qui caracteriſent la doctrine d'Epictete & celle de Montagne. Quant à la Concluſion, où Paſcal cenſure leurs Principes, j'ai vu quelques ſçavants Anglois d'un eſprit très-juſte & très-delicat, qui d'abord frappez de la pénétration, de la netteté, & de l'exactitude qui paroiſſent dans les Caracteres que Paſcal a fait d'Epictete & de Montagne, n'ont pas jugé ſi avantageuſement de la Maniére dont il critique leur doctrine. Il bâtit cette critique, dit d'abord un de ces Meſſieurs, ſur des principes trop ſubtils, peu conformes à la Doctrine de l'Evangile, deſtinée à l'inſtruction du ſimple peuple : Principes purement Metaphyſiques, qui mettent la Religion fort au deſſus de la portée du Peuple, & la rendent par conſéquent inutile à la ſociété. Beau moyen de recrimination, de la part d'une ſociété fort reſpectée, contre Paſcal & les Janſéniſtes ! Vous avez raiſon, reprit un autre, & je m'étonne que ce moyen-là n'ait pas été employé plus vivement par cette ſociété, à laquelle ils font la guerre, & qui la leur fait depuis ſi long-temps.----En voilà aſſés, & peut-étre trop ſur des matiéres qui paſſent ma compréhenſion, & qui ſeroient fort déplacées dans un ſimple Avis de Libraire, ſuppoſé même que je fuſſe capable de repeter

AVIS SUR

les raifonnemens de ce fávant Anglois, qui s'étant emparé infenfiblement de la Converfation, parla près de trois
quarts d'heure fur ce fujet.

III.

La troifiéme Piece qui fait partie de ce Suplément,
c'eft le fameux Ouvrage de la Boëtie, intitulé, *la Servitude
Volontaire,* ou *Le Contr' un.* Quoique cet Ouvrage
n'eut jamais été joint aux Effais de Montagne, l'on peut
dire que c'eft une parure qui leur eft, en quelque forte,
effentielle. Montagne lui avoit deftiné une place dans
cet excellent Chapitre *de l'Amitié,* où il fait l'Eloge
de *la Boëtie,* & de ce petit Difcours qui donna occafion
à leur premiere entrevuë, & par cela même à cette tendre & fidelle amitié qui fe forma entr'eux, & dont
Montagne conferva un fentiment auffi vif après la Mort
de cet illuftre Ami que durant fa vie. Il eft vrai qu'en
finiffant ce chapitre, il s'excufe tout d'un coup d'y
joindre l'ouvrage de *la Boëtie,* comme il l'avoit refolu :
Mais ce ne fut que fur des Confiderations politiques ;
& de peur que durant les troubles qui agitoient alors la
France, on n'abusât des principes de cet Ouvrage contre
l'intention de l'Auteur. Plufieurs années * auparavant, Montagne mettant au jour quelques Piéces Pofthumes de *la Boëtie,* avoit refifté à la tentation d'inferer

---

* Huit ou neuf ans avant la premiére Edition des Effais qui parut à
Bourdeaux en 1580.

LES ADDITIONS. vij

dans ce Recueil *la Servitude Volontaire*, par la raison, dit-il lui-même, *qu'il lui trouvoit la façon trop délicate & mignarde pour l'abandonner au groſſier & peſant air d'une ſi mal plaiſante ſaiſon:* ce qui veut dire, en termes plus ſimples, qu'il craignoit que la Cour de France ne vit de mauvais Oeil un Ouvrage où l'on cenſure ſi vivement la conduite des méchans Princes, la Dureté, & les Extorſions de leurs Miniſtres, &c. Montagne étoit ſi bien inſtruit des diſpoſitions où ſe trouvoit alors la Cour & le Peuple de France, qu'on peut ſur cet article s'en rapporter ſeurement à lui, ſans aller conſulter l'hiſtoire de ce temps-là. Mais il eſt aiſé de voir par tout ce qu'il nous dit du Diſcours de ſon Ami, & par les raiſons qui l'avoient empêché deux fois de le publier, qu'à préſent c'eſt en quelque maniére executer ſa volonté que de le joindre à ſes Eſſais, à preſent, dis-je, que la France jouït d'une profonde paix ſous un jeune Monarque qui s'étant chargé lui-même de la Conduite de ſon Royaume, *veut ſe donner tout entier à l'amour qu'il doit à ſes peuples, dans le deſſein de rendre ſon Gouvernement glorieux en le rendant utile à ſon Etat, & à ſes Peuples, dont le Bonheur*, dit-il *, ſera toûjours le prémier objet de ſes ſoins.* Des Princes de ce Caractere ne peuvent non plus être choquez de la liberté que la Boëtie a pris de décrier la moleſſe, l'injuſtice, &

---

* *Ceci eſt copié mot pour mot d'un Ecrit intitulé, Expoſition* de ce que le Roy a déclaré de ſes intentions dans ſon Conſeil d'Etat: tenu le 16 *Juin* 1726. *Voyez* la ſuite des Nouvelles d'Amſterdam, *du* 25 *Juin* 1726.

la dureté des mechans Rois, qu' *Alexandre le Grand* l'auroit été d'entendre tourner en ridicule un faux brave.

M. Coſte ayant inſeré ce diſcours *de la Boëtie* dans la troiſiéme Edition des Eſſais de Montagne faite à la Haye, & dans la quatriéme en 1739. un habile homme en publia en 1735. une belle Traduction en Anglois, augmentée d'une Note très curieuſe ſur un endroit aſſés obſcur que M. Coſte n'avoit pû éclaircir, comme il l'avouë ingenument à la page 81. de ce Suplément, où vous la trouverez fidellement traduite par M. *Coſte* lui-même.

IV.

Un quatriéme Article qui trouve naturellement ſa place dans ce Suplément, c'eſt

LA DEFENSE DE MONTAGNE CONTRE BALZAC ET MESSIEURS DE PORT-ROYAL.

M. Le Préſident Bouhier a loué M. Coſte * d'avoir raſſemblé à la tête de l'Edition des Eſſais publiée à Paris en 1725. les differens Jugemens qu'on a faits de l'Auteur & de ſon Livre : mais cet honneur eſt entiérement dû

* *Pag.* 15.

aux libraires de Paris, qui fans confulter M. Cofte, ont fait ou fait faire ce recueil de Jugemens & de Critiques fur les Effais de Montagne. Cette Lifte ayant paru depuis dans l'Edition de la Haye, M. Cofte en prit occafion de relever ce qu'on y débite, de la part *de Balzac, & de Meffieurs du Port-Royal*, contre la Perfonne de Montagne. On peut voir en général, dit-il d'abord, par la *longue lifte des Jugemens & des Critiques fur les Effais de Montagne, que cet Ecrivain a eu des Approbateurs & des Cenfeurs très-célébres, que fouvent les uns l'ont loué des mêmes chofes, dont il a été cenfuré vivement par d'autres.* Mais fans entrer dans une difcuffion plus exacte de ces jugemens, que chacun peut faire felon fa Capacité, *je ne fçaurois*, ajoûte-t-il, *m'empecher de prendre Connoiffance du procedé de quelques-uns de fes plus graves Cenfeurs, qui non contens de critiquer fon livre, ont pris à tâche de décrier fa Perfonne, à l'occafion de ce qu'il n'a pas dit, mais qu'il auroit dû dire, s'il faut les en croire.* BALZAC, le difcret Balzac, qui s'eft plaint fi éloquemment de fes Cenfeurs, a donné le prémier dans cette fauffe & maligne critique: & des Dévots * d'un caractére diftingué n'ont pu s'abftenir d'encherir fur lui en le copiant. Vous fouvient-il, dit d'abord Balzac en parlant des Effais de Montagne, du manquement qu'y trouva ce galant homme qui étoit de notre converfation, & qui

*B

* Meffieurs du Port-Royal.

AVIS SUR

eût bien voulu que Montagne étant lui-même son Histo-
rien, n'eut pas oublié qu'il avoit été Conseiller au Parlement de Bourdeaux. Il nous disoit ce galant homme
(introduit historiquement, ou par figure de Rheto-
rique) qu'il soupçonnoit quelque dessein en cette
omission ; & que Montagne avoit peut-être apprehendé
que cet article de Robe longue ne fit tort à l'épée de
ses Prédecesseurs, & à la noblesse de sa Maison. Nous
ne fumes pas de ce sentiment, ni vous ni moi, &c.
Mais si ce Soupçon lui paroit mal fondé, pourquoi
s'avise-t-il de l'inferer dans une Dissertation qu'il destine
au Public ? La Verité est que Balzac n'étoit pas fâché
de donner quelque credit au Soupçon de ce galant
homme : car il ajoûte immédiatement aprés, *soit dessein,
soit oubli, qui nous prive de cette partie de sa vie, j'ai
toûjours bien de la peine à m'en consoler.---J'eusse bien
mieux aimé qu'il nous eût conté des nouvelles de son
Clerc, qui ne s'appelloit point en ce tems-là Secretaire,
que de son Page.*

Cette censure, toute frivole qu'elle est, a été relevée
depuis comme une preuve solide de la vanité de Montagne. Un * Auteur célébre, nous dit-on dans l'*Art
de penser*, remarque agréablement que Montagne
ayant eû soin fort inutilement de nous avertir en deux
endroits de son Livre, qu'il avoit un Page,----il n'avoit

---

* Balzac, qu'on nomme expressément à la Marge de l'*Art de penser*

pas eû le même foin de nous dire qu'il avoit eu auffi un
Clerc, ayant été Confeiller au Parlement de Bourdeaux:
cette Charge, quoi que très-honorable en foi ne fatis-
faifant pas affez la vanité qu'il avoit de faire paroître
partout une humeur de Gentil-homme & de Cavalier,
& un éloignement de la Robe & des Procés: il y a
néanmoins de l'apparence qu'il ne nous eût pas celé
cette circonftance de fa vie, s'il eût pû trouver quelque Maréchal de France qui eût été Confeiller de
Bourdeaux.

Voilà de pieux folitaires qui ne font pas confcience
d'accufer Montagne de Vanité fur une omiffion qui n'a
pû fournir à Balzac qu'un leger pretexte de l'en
foupçonner: prétexte pourtant affez mal-fondé, de fon
propre aveu, puifqu'il reconnoit que cette omiffion
pourroit bien n'avoir pas été faite à deffein. Mais
eft-elle du moins bien certaine, cette omiffion?
A voir l'air décifif dont Balzac & fes Copiftes nous en
affûrent, il ne femble pas qu'il foit poffible d'en douter:
cependant il eft fi peu vrai, que Montagne ait évité ou
négligé d'apprendre au Public qu'il a été Confeiller au
Parlement de Bourdeaux, qu'il l'en avoit informé fort
naturellement, neuf ans avant la prémiére publication
de fes Effais, dans un Livre compofé de quelques Ouvrages Pofthumes de fon Ami La Boëtie, où il fe donne
fans façon le titre de Confeiller au Parlement de Bourdeaux, comme on peut voir au devant de la Lettre où

il rend compte à son Pere de la mort de cet illuftre Ami. Scevole de S^{te}· Marthe bien éloigné de foupçonner que Montagne eût deffein de cacher au Public cette circon-ftance de fa vie, nous dit fort naïvement dans un Eloge de Montagne que vous trouverez à la tête des Jugemens fur les Effais, que Montagne ne fe démit de la Charge de Confeiller qu'aprés la mort de fon Frere ainé : *Equite patre natus avitam rei bellicæ gloriam initio neglexerat,----fed fratre natu majore poft aliquot annos vitâ funĉto, Magiftratu fe fponte abdicavit.*

Je m'imagine que, fi l'on eût publié, du vivant de Montagne, des cenfures pareilles à celles que Balzac, & fes Copiftes ont hazardées fi legerement contre lui, il fe feroit contenté de dire : ,, Tandis que je m'amufe à me ,, peindre moi-même, certains Critiques s'égayent à me ,, donner des qualitez que je n'eûs jamais, & à me dé- ,, pouiller de quelques-unes que je croi poffeder ve- ,, ritablement. Ils baptifent ma fimplicité du nom ,, de finesse & de diffimulation : Ils prêtent à mes plus ,, innocentes actions des motifs ridicules, ou criminels : ,, Ils me noirciffent & me barbouillent fi bien, que ,, je deviens meconnoifable à moi-même. Et qui font ,, ces Critiques ? Des Dévots, des Beaux-Efprits, des ,, gens munis & parez de cette Science tant vantée, ,, qui, dit-on, humanife les hommes, *Emollit mores,* ,, *nec finit effe feros.* Si des gens de cet ordre font fi ,, hargneux, que faudra-t-il attendre de ceux que la

„ Science n'a point adoucis? *Quid facient fures, Do-*
„ *mini cùm talia patrant ?* Je n'en fçai rien: mais
„ j'irai toûjours mon train fans me mettre en peine
„ de ce que pourront dire ces derniers, comme je fuis
„ fort peu touché de ce que les prémiers ont débité fi
„ hardiment contre moi. Se regler, fe perfectionner foi-
„ même eft un bel emploi: C'eft proprement nôtre affaire
„ dans ce monde: toute autre occupation nous eft étran-
„ gere. Mais voulez-vous m'en croire? En vous appli-
„ quant à bien faire, ne vous embarraffez point du juge-
„ ment d'autrui, comptant toûjours, que jamais vous ne
„ ferez fage aux yeux de la plûpart des hommes, parce
„ qu'ils ne veulent pas que vous le foyez.

Mais fans tant de paroles & de détours, Mr. le Préfident Bouhier a diffipé d'une maniere plus directe &
plus expreffe le reproche qu'on fait à Montagne d'avoir
affecté de ne point parler dans fon Livre de la Charge
de Confeiller, comme s'il eût voulu cacher à la pofté-
rité qu'il eût été de Robe. Il a demontré clairement la
nullité de cette imputation * par quelque peu de paroles
tirées des Effais même de Montagne; paroles que Mr.
Cofte n'avoit point vuës quoi qu'il eût feuilleté cet Ouvrage bien des fois; ce que je publie librement ici,
fans craindre de lui deplaire, parce que je le connois
affez pour pouvoir affurer qu'il fonge moins à inftruire,
qu'à être inftruit par un fincere & judicieux Critique,

* Pag. 4. de ce *Suplement.*

lors même qu'il communique fes Penfées **au Public.**

V.

Pour cinquiéme & dernier article de ce Suplément, je mets ici un Sonnet à la loüange de Montagne, & tout ce qu'a dit Mr. Cofte fur l'Auteur de ce Sonnet dans fon Avis fur la quatriéme Edition des Effais. Quoi-que *ce ne foit point*, dit-il, *par le nombre des Cenfeurs, ou des Admirateurs de Montagne que les gens fages ju-geront du merite de fon Livre, je ne puis m'empêcher de mettre ici un Sonnet à fa loüange.*

A MONSIEUR MONTAGNE.

Que tu es admirable en ce mafle langage,
  Mais plus en cès raifons qui dorent tes Ecrits,
  Capable d'enhardir les plus laches Efprits,
A défier du tems l'Inconflance & l'Orage.
Montagne, qui nous peins ta Vie & ton Courage,
  En quelle antique Efcole as-tu fi bien apris,
  De l'effroiable mort le glorieux mépris,
Que tu foûtiens fans peur l'horreur de fon Vifage ?
  Magnanime Stoïque, en ces braves Effais,
  Tes fidelles Témoins, tu montres que tu fçais
Fouler deffous les pieds le foin qui nous devore.
  Les Siecles à venir chanteront à bon droit,
  Montagne par lui-même enfeigna comme on doit,
Et bien dire, & bien vivre, & bien mourir encore.

EXPILLY.

L'Auteur de ces vers eft fans doute le même que Claude Expilly dont on trouve un Eloge Hiftorique très-intereffant dans le Dictionaire de Moreri. Il étoit, nous dit-on, Orateur, Jurifconfulte, Hiftorien, & Poëte, mais beaucoup plus recommandable par la nobleffe de fes fentimens, par fa générofité, que par fon favoir, & fes beaux talens, qui l'éleverent aux prémieres dignités de la Robe dans le Parlement de Grenoble, dont il mourut Prémier Prefident en 1636. Il eft glorieux pour Montagne d'avoir un tel Panegyrifte : & fi je ne me trompe, Montagne lui-même auroit été touché de fes Loüanges, tout convaincu qu'il étoit de la vanité de la plûpart de celles que les hommes fe donnent les uns aux autres.

VI.

Pour rendre ce Suplément complet, il auroit fallu le groffir de toutes les nouvelles Notes que Mr. Cofte a inferées dans la quatriéme Edition de 1739. Mais aiant confideré le grand nombre de ces remarques, dont les unes font moins importantes que les autres, & qui ne pouvoient être defignées par des renvois dans le Texte de cette Edition de 1725. j'ai conclu que peu de gens s'aviferoient de les confulter. C'eft pourquoi je me fuis contenté d'en publier deux fur *Arius & Leon, fon Pape.* Cette expreffion de Montagne dont on avoit cherché inutilement l'explication dans les trois prémieres Editions publiées par Mr. Cofte, lui a été communiquée, enfin, dans la quatriéme

Edition, par un fçavant Profeſſeur en Droit à Groningue, Mr. *Barbeyrac*, fameux par tant de fçavants
Ouvrages dont il ne ceſſe d'enrichir la Republique des
Lettres.   Comme la note de ce fçavant homme contient en peu de mots tout ce qu'il y a de plus curieux
à dire ſur ee Pape & ce qui peut avoir obligé Montagne de l'aſſocier avec Arius, je ne pouvois me diſ-
penſer d'en orner ce Suplément qui ſera, j'eſpere, au
gré des Sçavans d'Angleterre où l'on a toûjours fait un
cas trés-particulier des Eſſais de Montagne, qui y paſſent encore pour un des meilleurs Ouvrages que la
France ait produit.

NOTES SUR ARIUS, ET LEON SON PAPE,
Dont il eſt parlé dans Montagne, Tom. I. p. 220. l. 6.

D'où que Montagne ait tiré ce *Leon Pape*, il a eû
ſes garants ; & il ne s'eſt pas mis en peine d'examiner
le poids de leur autorité.   *Chriſt. Sandius*, qui plein
d'un zele de Secte, a cherché partout dequoi groſſir le
nombre des Ariens, n'avoit garde d'oublier cet exemple : mais dans le fond c'eſt de divers Auteurs Catho-
liques-Romains qu'il a pris tout ce qu'il en dit dans
Nucleus Hiſt. Eccleſ. Lib. II. p. 110. & ſeqq. Edit.
Coſmopol. 1668. Voici le fait. *Vincent de Beauvais*,
Jacques de Voragine, Auteurs du XIII. Siecle, & d'autres ont parlé d'un *Leon Pape*, Arien, qu'ils diſent
avoir convoqué un Concile, & rapportent le combat

LES ADDITIONS.

d'injures que Leon eut à cette occasion avec *Hilaire* Evêque de Poitiers : entr'autres choses, que le Pape ayant dit à Hilaire, *Si tu Hilarius de Galliâ, ego Leo, Romanæ sedis Apostolicus judex* ; & qu'Hilaire lui répondit, *Quod si Leo, sed non de Tribu Juda, etsi dijudicans resides, sed non in sede Majestatis,* &c. *Jaques de Voragine,* & un *Compilateur Chronologique* anonyme que l'on cite, font mourir ce Pape, précisément de la même maniere qu'on a débité, qu'étoit mort *Arius.* Les Centuriateurs de Magdebourg, *Cent.* IV. cap. 10. ont copié tout cela ; *Baronius* ad ann. 362. §. 245. le rejette en un mot, comme une pure fable. Le Cardinal *Jean de Turrecremata* y a pourtant ajoûté foi, dans son Traité *De Potestate Ecclesiasticâ*, Lib. II. c. 6. comme le remarque aussi *Jean Neucler* dans sa Chronique, *Generat.* XII. *in fine,* où il laisse lui-même la chose indécise. Il dit encore que selon quelques-uns, les Auteurs qui ont parlé de ce Pape Leon, ont mis son nom pour celui de *Liberius.* Sandius au contraire prétend que c'étoit un veritable Pape qu'il fait successeur de *Felix,* c'est-à-dire de celui qui fut mis à la place de Liberius : & pour montrer que toute cette histoire vient d'Auteurs plus anciens que ceux où on la trouve, il ajoûte que Vincent de Beauvais, en la rapportant, cherche à la rendre douteuse : & que par conséquent il ne l'a pas inventée.-------*Cette Note, si pleine de recherches curieuses, a été communiquée par M.* Barbeyrac.

*C

S. Athanafe *Epift. ad Serapionem*, rapporte précifé
ment ainfi la mort d'Arius : Εἰσῆλθεν εἰς Θάκος, ὡς διὰ χρεί
τῆς γατρός: ce qu'Epiphane *Lib. 2. de morte Arii*, a co
pié de cette maniere : Κατὰ τὰς νύκτας εἰσελθὼν εἰς Θάκον π|
τὰς αὐτῶ χρείας παρασκευασθῆναι, ἐλάχνισε.——Pour la mo
de *Leon*, toute pareille à celle d'Arius, Voyez la No
qui précede immediatement celle-cy.

ERRATA.

Page 1. lign. 4 & 5. de l'Academie Royale des Sciences, &c. *lifez* de l'Academie Francoi
Page 17. l. 19. Compofa peu *lifez* Compofa un peu.
Page 38. l. 13. l'impiete *lifez* Impieté.

LA VIE

DE

MICHEL SEIGNEUR DE MONTAGNE.

Par M. Le Préfident Bouhier de l'Academie Royale
des Sciences, &c.

MICHEL DE MONTAGNE étoit fils (1) de
Pierre Eyquem, Ecuier, Seigneur de Mon-
tagne. Scaliger (2) a pretendu, que fon pere
étoit un vendeur de Harenc. Mais c'eft une médifance.
Car au fuplément de la Chronique Bourdeloife par
Jean Darnal, (3) on voit que Pierre Eyquem, Sieur de
Montagne, qui en un endroit y eft qualifié *Ecuier*,
(4) fut fucceffivement élu premier Jurat de la Ville

B

---

(1) V. fon Epitaphe, Pag. 52. des Prolégoménes des Effais de l'Edit.
de 1725. à laquelle fe raportent toutes les citations cy-après de cet Ouvrage.
(2) Scaligerana fecunda, au mot, *Montagne*.
(3) Darnal, Supplément à la Chron. Bourdel. *Fol. 34. & fuiv.*
(4) Darnal, *ibid. fol. 35.*

LA VIE DE

de Bourdeaux en 1530, fous-Maire en 1536, Jurat une feconde fois en 1540, Procureur de la Ville en 1546, & enfin Maire depuis 1553, jufqu'en 1556. Montagne fait mention de cette Mairie (5) de fon pere, & en un autre endroit (6) du furnom d'*Eyquem*, qu'il dit eftre celui d'une Maifon connuë en Angleterre ; mais qu'il ne paroit pas avoir jamais porté. Il nous apprend auffi (7) que fes Armoiries étoient d'Azur, femé de tréfles d'or, à une patte de Lion de même, armée de gueules, mife en face.

Du refte il fait fouvent (8) l'Eloge de fon pere, loüant fa probité, fon activité, & l'agilité merveilleufe, qu'il avoit confervée, même dans fa vieilleffe. Il dit (9) auffi, qu'il avoit fervi, je ne fçais en quelle qualité, dans les Guerres d'Italie ; qu'à fon retour il fe maria en 1528, agé de 33. ans, & qu'il mourut de la pierre à 74. ans, c'eft-à-dire en 1569.

Pierre de Montagne avoit trois freres, (10) l'un Confeiller au Parlement de Bourdeaux, furnommé le Sieur de Buffagnet, un autre, nommé le Sieur de Saint Michel, & un troifiéme Ecclefiaftique, appellé

(5) Effais, *Tom. 3. pag.* 252.
(6) *Ibid. p.* 358.
(7) *Tom.* 1. *p.* 307.
(8) *Tom.* 2. *p.* 16, 17.
(9) *Ibid. & p.* 512, 513.
(10) *Tom.* 2. *p.* 513, 514.

le Sieur de Gaviac. Ce qui prouve de plus en plus
la mauvaife foi de Scaliger fur cette famille.

Michel de Montagne naquit (11) le dernier jour de
Fevrier 1538. Il fut le troifiéme (12) des enfans de
fon pere, lequel prit un foin tout particulier de fon
éducation. On en peut voir dans fes Effais (13) le
détail, qu'il feroit trop long de raporter ici. Il fuffit de dire, qu'il apprit le Latin en la maifon pater-
nelle par pure routine, comme on apprend le François, & qu'il le parloit aifément à l'age de fix ans,
auquel il fut envoyé au College de Bourdeaux, où il
y avoit alors les meilleurs Régens de France; fçavoir
Nicolas Grouchy, Guillaume Guérente, George Bu-
chanan, & Marc Antoine Muret. Il acheva fous eux
fon cours d'étude à l'age de treize ans, & apparem-
ment il fut envoyé peu après en quelque Ecole de
Droit, puifqu'il étoit deftiné à la Robe.

En effet il fut pourvû d'une charge de Confeiller
au Parlement de Bourdeaux, & peut-eftre de celle
du Sieur de Buffagnet fon Oncle, qui mourut jeune.
(14) On a reproché (15) à Montagne d'avoir affecté
de ne point parler de cette charge dans fes Ouvrages,

B 2

(11) T. 1. p. 63.
(12) T. 2. p. 512.
(13) Tom. 1. p. 69, & fuiv. T. 3. p. 362.
(14) T. 2. p. 514.
(15) V. les Prolégom. des Effais, p. LX.

comme s'il avoit voulu cacher à la poſterité, qu'il eût
été de robe. Mais ce reproche eſt mal fondé; car
dans la Rélation, qu'il fit à ſon pere, de la mort
d'Eſtienne de la Boëtie, & qu'il fit imprimer au devant des Opuſcules de cet ami, il lui dit (16) qu'il
apprit la maladie de ſon ami le 9. Aouſt 1563, en
revenant du Palais. Et en ſes Eſſais, (17) après a-
voir dit que les occupations publiques ne lui conve-
noient pas, il ajoute : *Enfant on m'y plongea juſques
aux oreilles, & il ſuccédoit. Si m'en déprins-je de
bonne heure.* C'eſt auſſi de cela, dont il a voulu
parler ailleurs, (18) en diſant : *De ce peu, que je me
ſuis eſſayé en cette vacation, je m'en ſuis d'autant
dégouté.* Comment en effet auroit-il pû diſſimuler
une choſe auſſi notoire, que le fait de cette charge ?

Il eſt vrai, qu'il paroit avoir eu peu de goût pour
ce métier, & qu'il va juſques à dire quelque part, (19)
qu'il ſçait ſeulement en gros, *qu'il y a une Juriſpru-
dence ;* mais qu'il n'a jamais *gouté des Sciences, que la
croûte premiere en ſon enfance.* Ce fut apparem-
ment ce qui lui fit prendre le parti de quitter cet
emploi. Mais je ne ſçais, ni quand il s'en défit, ni
combien de tems il l'exerça. Pour en eſtre inſtruit
au juſte, il faudroit recourir aux Régitres du Parle-

(16) *T. 3. p.* 392.
(17) *Ibid. pag.* 9.
(18) *Ibid. p.* 239.
(19) *T. 1. p.* 135.

ment de Bourdeaux. La Croix-du-Maine (20) dit feulement, qu'après la mort de fon frere aifné, il refigna fa charge, & prit le parti des Armes. C'eft-à-dire, qu'il quitta la robe pour l'epée. Car il ne paroit pas avoir jamais eu d'emploi militaire. Un Auteur de Bourdeaux (21) cite un Arreft rendu le 14. Juin 1590, au raport de Mr. de Montagne, *perfonnage*, dit-il, *de grand fçavoir*. Mais fi la date n'eft pas fauffe, il faut que ce foit un autre Confeiller du même nom.

On voit par fon Epitaphe, qu'il avoit époufé Françoife de la Chaffagne. Elle étoit fille de Jofeph de la Chaffagne, l'un des plus célébres Confeillers au Parlement de Bourdeaux, (22) & fœur de Geoffroi de la Chaffagne, Sieur de Preffac, connu par divers Ouvrages. Mais je ne puis pas dire, en quel tems fe fit ce mariage. Ce que je fçais feulement, c'eft que par une Lettre de Montagne à fa femme, (23) du 10 Septembre 1570, il paroit qu'il y avoit alors fix ans au moins, qu'ils étoient mariez.

Dez l'Année 1563, il avoit perdu fon ami intime,

(20) La Croix-du-Maine, *Biblioth. Art.* de Montagne.
(21) Automne, *Confér. du Droit Franç. Ad L.* 15. *Cod. de Teftam. Milit.*
(22) Gabriel de Lurbe, *Chron. Bourdel. fol.* 43. La Croix-du-Maine, *Art. de Montagne.*
(23) Montagne, *T.* 3. *p.* 387.

le Sieur de la Boëtie, Conseiller au même Parlement, dont il a été parlé cy-dessus, & dont il fait en plusieurs endroits de ses Oeuvres l'éloge le plus complet. Comme ce Sçavant Magistrat lui avoit legué par son testament (24) sa Bibliotheque, & tous ses Manuscrits, Montagne crût qu'il etoit de son devoir de faire le choix de quelques uns des Ouvrages de son ami, & de les donner au Public. Ainsi il fit imprimer à Paris en 1571, chez Fréderic Morel (25) la Traduction Françoise, que la Boëtie avoit faite des Opuscules de Xénophon, & de Plutarque, avec un Recueil de vers Latins du même. A l'egard de ses vers François, ils ne parurent que l'année suivante chez le même Imprimeur. Montagne accompagna le tout de plusieurs Epitres dédicatoires de sa façon, & d'une Lettre à son pere, contenant la rélation de la mort de son ami.

Ce fut peu de tems après, (26) que s'étant retiré en son Château de Montagne, dont il étoit devenu le proprietaire par la mort de son pere, il commença la composition de ses Essais. Comme de son aveu (27) il n'aimoit ni la chasse, ni les bâtimens, ni le jardinage, ni le ménage de la Campagne, & qu'il étoit uniquement occupé de la lecture, & de ses propres ré-

(24) Ibid. p. 396.
(25) Ibid. pag. 383, & la Croix-du-Maine, Biblioth. Art. d'Est. de la Boëtie.
(26) T. 1. p. 63.
(27) T. 3. p. 190, 191.

flections, il se livra au plaisir de mettre par écrit ses pensées sans ordre, & suivant qu'elles se présentoient à son esprit. Il fait quelque part (28) la Description de son Château, qui devoit estre assés vaste, puisqu'il dit que la Cour y a logé. Mais il se plaisoit sur tout dans la petite Bibliotheque, qu'il y avoit formée ; & c'est de là que sont sortis les deux premiers Livres de ses Essais, qui furent imprimez à Bourdeaux en 1580.

Son goût pour l'étude n'étoit pas si grand, qu'il n'en eût encore beaucoup pour les Voyages. (29) Non seulement il avoit parcouru la France, mais il avoit voulu encore voir l'Allemagne; (30) & soit pour sa santé, soit par curiosité il avoit été (31) aux eaux de Baniéres, de Plombiere en Lorraine, de Bade en Suisse, & en celles de Luques, & *della Villa* en Italie. Il fut enfin à Rome en 1581 ; & ce fut pendant le séjour, qu'il y fit, que son mérite lui fit donner des Lettres de Bourgeoisie Romaine (32), qui sont rapportées dans ses Essais.

Il nous apprend aussi, (33) *qu'il n'étoit pas ennemi de l'agitation des Cours, & qu'il y avoit passé une*

(28) *T. 3. p.* 48, 49, 190, 233.
(29) *Ibid. p.* 186, 188, 230, *& suiv.*
(30) *T. 3. p.* 338.
(31) *T. 2. p.* 528, 529.
(32) *T. 3. p.* 247.
(33) *T. 3. p.* 42.

LA VIE DE

partie de sa vie. En effet il se trouva à Roüen, pendant que le Roy Charles IX. y étoit. (34) Ce fut ap-
paremment au tems de la Déclaration de sa Majorité.
Il fut à Soiffons (35) conduire le corps de Mr. de
Grammont, qui avoit été tué au Siége de la Fére.
En 1582, il alla à la Cour de la part des Bourdelois
(36) pour y négotier quelques affaires ; & on sçait que
s'étant trouvé aux derniers Etats de Blois de l'année
1588, quoiqu'il n'y fut pas député, il ne laiffa pas
de s'y mêler dans quelques intrigues. (37)

Ce fut fans doute pendant quelques uns de ces
voyages à la Cour, que le Roy Charles IX. l'honora
du Collier de l'Ordre de St. Michel. (38) Il en parle,
(39) comme d'une chofe, qui lui fut offerte, & qu'il
n'avoit pas demandé ; & fe plaint ailleurs, (40) de ce
qu'on avoit depuis avili cet honneur, en le communi-
quant à trop de gens, qui n'en étoient pas dignes.
La Croix-du-Maine (41) lui donne encore la qualité de
Gentilhomme ordinaire de la Chambre du Roy, laquelle lui eft pareillement donnée à la tête de fa Traduction

(34) *T. 1. p.* 217, 218.
(35) *T. 3. p.* 60.
(36) Darnal, *Contin. de la Chron. Bourdeloife, fol.* 56.
(37) M. de Thou, *De Vitâ fuâ, Lib.* 3. Pafquier, au lieu cité aux
Prolégom. *p. LV.*
(38) *Prolégom. p. LVII.*
(39) *T.* 3. 247.
(40) *T. 1. p.* 59.
(41) *Biblioth. Franç. Art. de Montagne.*

(42) *Tom.*

duction de la Théologie Naturelle de Raymond de Sebonde.

Pendant qu'il étoit à Rome, les Bourdelois firent
une chose, qui marque bien l'eftime, qu'ils avoient
pour fa perfonne. Car tout abfent qu'il étoit, ils
l'élûrent Maire de leur Ville. (42) Place qui étoit
alors fi honorable, qu'il y fuccéda au Maréchal de
Biron, & qu'il y eut pour Succeffeur le Maréchal de
Matignon. Montagne voulut d'abord s'excufer de
prendre cet Emploi. Mais ayant receu un comman-
dement du Roy de l'accepter, il obéit ; & après les
deux ans de fon exercice, il fut encore continué, (43)
pour deux autres, en l'année 1583.

On a prétendu, (44) qu'il n'avoit pas trop bien
réuffi dans fa Mairie de Bourdeaux ; mais fans en
rapporter aucunes circonftances. Ainfi nous n'en
pouvons juger, que par ce qu'il en dit lui-même, (45)
& qui fe réduit au reproche, qu'on lui faifoit, *de s'y
eftre porté en homme, qui s'émût trop lâchement, &
d'une affection languiffante.* Mais il s'en défend fort
bien, en faifant voir, qu'il n'avoit pas rendu un fer-

(42) *Tom.* 3. *p.* 251, 252, De Lurbe, *Chron. Bourdel. fol.* 47. &
Darnal, *en fa contin. p.* 56.
(43) Darnal, *ibid.* & Montagne, *T.* 3. *p.* 270.
(44) 8. *les Prolegom. p. LXI.*
(45) *T.* 3. *p.* 270.

C

vice médiocre à la Ville de Bourdeaux, en la maintenant en paix dans un tems de troubles, tel que celui,
où il l'avoit gouvernée.   Ainfi ce qu'on lui reprochoit,
devoit au contraire tourner à fa gloire; & il faut
bien, qu'on fût content de lui, puifqu'on le continua
dans fa charge : Surquoi, dit-il, *le Peuple fit bien plus
pour moi, en me redonnant ma charge, qu'en me la
donnant premierement.*

C'eft ce même efprit de paix, éloigné de toute ca-
bale, & de toute animofité de parti, qui fut caufe,
que dans le feu des Guerres Civiles, qui de fon tems
défolérent la France, & furtout la Guyenne, il conferva prefque toûjours fon Château de Montagne dans
une heureufe tranquillité.   Quoiqu'il fe fût hautement
déclaré pour le Parti Catholique, il n'avoit pas laiffé
de donner dans fa maifon libre entrée à tout le monde,
fans vouloir en faire une place de guerre.   En quoi,
dit-il, (46) *j'eftime un merveilleux chef-d'œuvre, qu'elle
foit encore Vierge de fang, & de fac, fous un fi long
orage, & parmi tant de changemens, & agitations
voifines.*

Sur la fin feulement de fa vie, & au commencement des funeftes divifions de la Ligue, fi je ne me
trompe, il eut auffi fa part des maux de la Guerre.

(46) *T. 3. p.* 207.

Sa terre fut pillée (47) par les amis, comme par les ennemis. Je fus, dit-il, *pelaudé à toutes mains. Au Gibelin j'étois Guelphe, & au Guelphe Gibelin.* Pour furcroit de malheur la pefte (48) infeƈta fon Village, & pénétra dans fon Château. Ce fut en 1586 fuivant la Chronique Bourdeloife, (49) que ce fleau commença à faire du ravage en Guyenne. Montagne fut obligé de quitter fa maifon, & d'emmener ailleurs fa famille. Mais il ne dit pas, où il trouva un azile. Il parle auffi (50) de quelques dangers preffans, qu'il courut pendant ces guerres ; mais fans donner à connoitre le tems, ni les circonftances de ces événemens.

Dès l'année 1580, comme je l'ai dit plus haut, Montagne avoit publié à Bourdeaux les deux premiers Livres de fes Effais. Les ayant retouchez, & confiderablement augmentez dans la fuite, & y ayant même ajoûté un troifiéme Livre, il fut à Paris pour les faire imprimer tous enfemble. Ce fut pendant un affez long féjour, qu'il fit alors en cette grande Ville, (51) que la Demoifelle de Gournay, qui quoique très-jeune, avoit déja l'efprit fort orné, charmée des ouvrages de Montagne, fut exprès le chercher pour le voir, & le

C 2

(47) *Ibid. p.* 296, 297.
(48) *Ibid. p.* 300, *& fuiv.*
(49) Darnal, *continuation de la Chron. Bourdel. fol.* 56.
(50) *T.* 3. *p.* 315, *& fuiv.*
(51) *Prolégom. p.* LVIII.

connoitre. Il fe forma dès lors entr'eux une fi grande liaifon, que cette Demoifelle & fa mere voulurent l'emmener en leur maifon de Gournay, où il fé-journa trois mois en deux ou trois voyages. La Demoifelle conçut pour lui tant d'eftime, qu'elle voulut ftre appellée fa fille d'alliance : Nom, dont elle fe rouva fi honorée, qu'elle le conferva jufques à la mort. Elle le prit même publiquement, dans l'edi-ion des Oeuvres de Montagne, qu'elle donna en 1635, & qu'elle dédia au Cardinal de Richelieu.

Montagne, en s'en retournant chez lui, voulut voir les Etats, qui fe tenoient à Blois fur la fin de la même année, comme il a été dit cy-deffus, & n'y furvécut pas bien longtems. Dès l'age de 47 ans (52) il avoit reffenti des atteintes de colique néphrétique ; & il en fut fouvent depuis (53) vivement tourmenté. Ce fut d'une efquinance, (54) qui lui caufa une paralyfie fur la langue ; enforte qu'il demeura trois jours, fans pouvoir parler. Mais comme il avoit l'efprit fort fain, il fe faifoit entendre par écrit, & pria de cette façon fa femme de faire venir quelques Gentilshommes de fes voifins, pour prendre congé d'eux. Quand ils furent arrivez, il fit dire la Meffe en fa chambre, & à l'élévation du corps, il fe fou-

(52) *T. 2. p.* 513.
(53) *T. 3. p.* 58.
(54) *Prolégom. p.* LVII.

MICHEL DE MONTAGNE. 13

leva comme il pût fur fon lit, les mains jointes, & expira dans cette action de pieté, agé d'un peu moins de 60 ans. Ce fut le 15. Septembre 1592, fuivant fon Epitaphe, (55) ou le 17. du même mois fuivant la Chronique Bourdeloife. (56) Son corps fut tranfporté quelques mois après (57) en l'Eglife des Feüillans de Bourdeaux, où fa femme lui fit dreffer l'Epitaphe, dont je viens de parler.

Il ne laiffa de fon mariage, qu'une fille, qui fut, dit-on, (58) *mariée en bon lieu.* Mais on ne nous a point appris le nom de fon mari, ni fi elle a eu pofterité. Le P. Niceron dit à la vérité en fa vie de Montagne, qu'elle s'appelloit Eléonor, & qu'elle fut mariée au Vicomte de Gamaches. Mais je ne fçai où il a pris ce fait.

On dit auffi que la Demoifelle de Gournay, et fa mere, touchées de la mort de Montagne, traverferent à la faveur des Paffeports une partie de la France, qui étoit alors toute en armes, pour aller mêler leurs pleurs, avec ceux de la mere & de la fille. Exemple mémorable d'une amitié également folide, & défintereffée.

(55) *Prolégom. p.* LII.
(56) De Lurbe, *Chron. Bourdel,* p. 51.
(57) De Lurbe, *ibid.*
(58) *Prolégom. p.* LVIII.

Je ne fçaurois dire non-plus, s'il refte encore quelqu'un de la Famille de cet homme illuftre. Il parle bien d'un (59) frere, qu'il avoit, & qui étoit Seigneur d'*Arfac*, au Pays de Médoc ; d'un autre, (60) qu'il appelle le Sieur de *Matecoulon* ; d'un troifiéme, (61) qui étoit de la Religion prétenduë réformée, & qu'il nomme de *Beauregard* ; & encore d'un quatriéme, (62) nommé *le Capitaine Saint Martin*, qui fut tué d'un coup de balle de paume à l'age de 23 ans. Mais je ne fçais s'ils ont eu des defcendans. Montagne avoit aufli une fœur nommée Eleonor, mariée au Sieur de Cumain, Confeiller au Parlement de Bourdeaux, dont il eft parlé au Teftament de Pierre Charron.

Quoiqu'il en foit, le nom de Montagne vivra toûjours par les beaux Ecrits, qu'il a laiffez, & dont le tems, ni les changemens de la Langue n'ont point diminué la réputation.

Il commença à fe faire connoître par la Traduction, qu'il fit en noftre Langue, de la *Théologie Naturelle de Raymond Sebon*, ou pluftoft de *Sebonde*, fçavant Efpagnol. Dans la Dédicace, qu'il en fit à fon pere

(59) *T*. 1. *p*. 205.
(60) *T*. 2. *p*. 433.
(61) *T*. 3. *p*. 400
(62) *T*. 1. *p*. 64.

le 18 Juin 1568, il dit qu'il avoit entrepris cet ouvrage par son ordre dès l'année précédente. Il fut imprimé pour la premiere fois à Paris chez Buon & Gourbin en 1569, & pour la seconde chez le même Gourbin en 1581.

En 1571, & 1572, Montagne donna au Public les Opuscules de son ami Estienne de la Boëtie, ainsi que je l'ai déja observé.

Mais le principal de ses Ouvrages, ou pour mieux dire le seul, qu'on lise aujourd'hui, ce sont ses trois Livres d'*Essais*, dont j'ai marqué cy-dessus les premieres Editions, qui parurent de son vivant. Il s'en est fait depuis sa mort plusieurs autres, comme on le peut voir dans la Préface de Mr. Coste, à qui nous sommes redevables des dernieres.

Cet habile Editeur a rassemblé à la tête de cet Ouvrage les différens jugemens, qu'on a faits de l'Auteur, & de son Livre. Ils méritent fort d'estre lûs. A mon égard, s'il falloit prendre parti entre ce qui a été dit pour & contre, voici quelle seroit ma pensée.

On ne peut nier que Montagne ne montre dans tous ses Ouvrages, non seulement beaucoup d'esprit, & d'agrément ; mais encore un beau naturel, & un cœur excellent. Il paroit avoir été bon Citoyen, bon fils, bon ami, bon voisin, bon mari, & un des plus

honnêtes hommes du monde. Ce n'en eſt pas une petite marque, que d'avoir pû ſe vanter au milieu de
la licence des Guerres Civiles, (63) de ne s'y eſtre
point mêlé, *et de n'avoir mis la main, ni aux biens,*
ni à la bourſe de perſonne. Il aſſure de plus, (64)
qu'il a ſouvent ſouffert des injuſtices évidentes, pluſtoſt
que de ſe réſoudre à plaider ; enſorte que ſur ſes vieux
jours il étoit encore, dit-il, *vierge de procès et de que-*
relles.

Pour ſa morale, il faiſoit profeſſion de ſuivre celle
des Stoïciens, qui étoit la plus rigide de toutes celles
du Paganiſme. Tous ſes Livres ſont pleins des maximes de Seneque, & des autres Philoſophes les plus ſages,
dont il avoit bien lû & médité les principes. Il
pouſſoit même la probité juſques à ſoutenir, (65)
qu'un homme de bien doit tenir parole, même à un
voleur, à qui il a promis de payer quelque ſomme.
En cela il alloit plus loin, que les Canoniſtes les plus
ſéveres. Mais c'eſt toujours une preuve de ſa droiƈture ;
& s'il eſt vrai, comme on l'a aſſuré, (66) que le Cardinal du Perron appelloit les Eſſais de Montagne, *le*
Breviaire des honnêtes gens, c'eſt ſans doute par rapport à ſes nobles ſentimens.

Mais

---

(63) Eſſais, *T.* 3. *p.* 23.
(64) *Ibid. p.* 266, 328.
(65) *Ibid. p.* 17.
(66) Ancillon, Melang. Critiq. Art. 79.

Mais il n'eſt pas ſi aiſé de le juſtifier ſur le fait de la morale Chrétienne. Ce n'eſt pas que je vouluſſe lui faire un grand crime, d'avoir aimé les femmes en ſa jeuneſſe, comme il le dit ſouvent, (67) & même avec des circonſtances, qui ne lui font point honneur. Ce ſont de ces foibleſſes, qu'on pardonne à l'age, & au tempérament. Mais Montagne n'eſt pas excuſable, d'en avoir fait trophée juſques dans ſa vieilleſſe, (68) & encore moins d'avoir dit qu'il ne pouvoit s'en repentit, *et qu'il alloit s'amuſant en la recordation des jeuneſſes paſſées.* Que penſer d'un vieillard, qui prétend, (69) qu'à un homme, comme lui, les Médecins devroient ordonner l'amour, pluſtoſt qu'aucune autre recette, *pour l'eveiller, et tenir en force bien avant dans les ans ?*

Auſſi ſon Livre eſt-il tout parſemé d'obſcénitez, & même des plus groſſieres. Il ſeroit aiſé d'en faire un long Catalogue. Mais le ſeul Chapitre, *Des vers de Virgile,* (70) qu'il compoſa peu avant ſa mort, en contient une infinité, qui font rougir les perſonnes les plus effrontées ; enforte que je ne puis aſſez m'étonner, qu'une perſonne auſſi vertueuſe, que la Demoiſelle de Gournay, ait pû mettre une Préface à cet

D

(67) *T.* 1. *p.* 81, & *T.* 3. *p.* 44, 46, & 345, 346, 351.
(68) *Ibid. p.* 33, 63.
(69) *Ibid. p.* 122.
(70) *Liv.* 3. *Ch.* 5.

Ouvrage, & qu'elle ait ofé avoüer, qu'elle en avoit revû les épreuves.

On a reproché auffi à Montagne avec affez de fondement un peu trop de vanité. Je n'en rapporterai pas les preuves. Ses Livres en font pleins ; puifqu'il n'y parle de rien tant, que de lui-même. Car quoiqu'il faffe de grands efforts pour fe juftifier, (71) je doute que les gens fenfez reçoivent jamais fes excufes. Il eft vrai, qu'il y avoüe quelquefois fes défauts. Mais, fi l'on y prend garde, ce ne font que ceux, dont fe parent les Philofophes, ou les gens du bel air, ou des imperfections, qui roulent fur des chofes indifférentes. C'eft ainfi, par exemple, qu'il dit fouvent, qu'il manque de mémoire ; qu'il n'a aucun fonds de fcience ; qu'il eft indolent & pareffeux ; qu'il néglige le foin de fes affaires domeftiques ; qu'il ne veille point fur la fidelité de fes valets ; qu'il n'eft pas propre à flatter les Grands ; & autres chofes pareilles. Aveux, qui fi je ne me trompe, renferment pour la plufpart une vanité cachée ; mais à laquelle il ne feroit pas difficile de lever le mafque, quand Montagne dans un endroit de fes Effais, ne fe découvriroit pas lui-même pour tel qu'il étoit. C'eft celui (72) où après avoir montré, que le Sage ne prend pas pour lui les fauffes loüanges, qu'on lui donne, il ajoute : *Pour moi, qui*

(71) V. furtout, *T.* 2. *p.* 56, 57, 398, & 399, & 3. *p.* 181, 183.
(72) *T.* 3. *p.* 70.

me loüeroit d'estre bon pilote, d'estre bien modeste, ou d'estre bien chaste, je ne lui en devrois nul grand merci.

En général on peut dire de lui, que si sa morale étoit Stoïcienne, ses mœurs étoient tout-à-fait Epicuriennes. C'est encore un point, sur lequel il dit, (73) qu'*il a le cœur assez ouvert, pour publier hardiment sa foiblesse.* Car il avoüe au même endroit, qu'il ressembleroit volontiers à un certain Romain, dont parle Ciceron, comme *d'un galant homme, entendu, et abondant en toutes sortes de commoditez, et de plaisirs ; conduisant une vie tranquille, et toute sienne ; l'ame bien préparée contre la mort, la superstition, &c.* Voilà en effet le vrai portrait de Montagne, & qui même auroit peut-estre été plus ressemblant, s'il avoit osé traduire à la lettre celui, qu'a fait Ciceron (74) de ce même Romain. Mais ce que Montagne n'a pas jugé à propos de faire d'un seul coup de pinceau, il seroit aisé de le retrouver en détail, si l'on prenoit la peine de rassembler tous les traits, où il s'est peint au naturel en différens endroits de ses Essais.

Cela supposé, il ne faut pas estre surpris des Jugemens opposez, qu'on a fait de cet Ouvrage. Les gens voluptueux, ou portez au Pyrrhonisme, qui n'aiment qu'à se divertir, qu'à rire de tout, & à entendre par-

D 2

(73) *Ibid. p.* 152.
(74) Ciceron, *De Finib. II.* 20.

ler librement fur toutes fortes de matieres, applaudiront toujours à un Ecrit conforme à leur goût, & affaifonné d'une franchife également fpirituelle, & philofophique. Au contraire ceux qui font pénétrez des véritez Evangeliques, ne peuvent que condamner une infinité de propofitions téméraires, & d'expreffions obfcénes, qui font répanduës dans ces Effais ; comme étant de leur devoir, de faire fentir le danger, où s'expofent les perfonnes, qui fe plaifent à cette lecture.

Ce n'eft pas que je croye, que Montagne ait pouffé le Pyrrhonifme, jufques à l'irreligion, comme quelques gens (75) l'ont avancé trop légerement. Non feulement il a toujours fait profeffion de la Religion Catholique ; mais il y a été fortement attaché. Cela paroit tant par fa Traduction du Livre de Raymond de Sebonde, que par l'Apologie, qu'il en a inferée dans fes Effais. (76) On le voit encore par ce qu'il dit en plufieurs endroits contre les Novateurs de fon tems, & furtout par les témoignages de pieté, qu'il donna à la mort. Dans le cours de fa vie même, dès qu'il fe fentoit malade, il ne manquoit pas, à ce qu'il dit, (77) *de fe reconcilier à Dieu, par les derniers offices des Chrétiens.* Cette conduite n'eft pas équivoque. Mais il faut pourtant convenir, que par fes façons de pen-

---

(75) Reimman, *Hiftor. Univerfal. Atheifm. pag.* 403.
(76) *Liv.* 2. *Chap.* 12.
(77) *T.* 3. *p.* 227.

fer, & de s'exprimer, très-oppofées à l'efprit de l'E-
vangile, il a pû eftre juftement foupçonné de libertina-
nage, & qu'il eft difficile, que contre fon intention, il
n'en infpire les fentimens aux Efprits foibles, & qui
ont de la difpofition à fe laiffer corrompre.

Il eft d'autant plus aifé d'en eftre féduit, que fon
ftile, tout Gafcon, & tout antique qu'il eft, a une
certaine énergie naturelle, qui plaît infiniment. Il
écrit d'ailleurs d'une maniere, qu'il femble qu'il parle
à tout le monde, avec cette aimable liberté, dont on
s'entretient avec fes amis. Ses écarts mêmes, par leur
reffemblance avec le défordre ordinaire des converfa-
tions familieres & enjoüées, a je ne fçai quel charme,
dont on a peine à fe défendre.

C'eft dommage qu'il refpecte affez peu fes Lecteurs,
pour entrer dans des détails puériles & frivoles de fes
goûts, de fes actions, & de fes penfées même. *Qu'a-
t-on à faire*, difoit avec raifon Scaliger, (78) *de fçavoir fi Montagne aimoit mieux le vin blanc, que le
clairet ?* Mais on trouve dans fon Ouvrage des chofes
bien plus choquantes encore ; comme quand il nous
parle (79) du foin qu'il prenoit de fe tenir le ventre
libre, & d'avoir *particuliére commodité de lieu, & de
fiége pour ce fervice* ; quand il nous apprend (80) qu'il

(78) *Scaligerana Secund. au mot, Montagne.*
(79) *T. 3. p.* 344.
(80) *Ibid. p.* 358.

aimoit à fe gratter les oreilles ; & quand il nous débite gravement à la fin de fon Ouvrage cette belle Sentence, *qu'au plus élevé trône du monde, fi ne fommes nous affis, que fur noftre cul.* Je pourrois en citer bien d'autres exemples. Mais en voilà affez, pour juger du génie de cet homme célebre, & du cas, qu'on doit faire de fes Ouvrages.

Caractere & Comparaison d'EPICTETE
& de MONTAGNE,

Par le Célébre Mr. PASCAL.

CARACTERE D'EPICTETE.

EPICTETE eſt un des hommes du monde qui
ait mieux connu les devoirs de l'homme. Il
veut, avant toutes choſes, qu'il regarde Dieu comme
ſon principal objet, qu'il ſoit perſuadé qu'il fait
tout avec Juſtice, qu'il ſe foumette à lui de bon cœur,
& qu'il le ſuive volontairement en tout, comme ne
faiſant rien qu'avec une tres grande ſageſſe : qu'ainſi
cette diſpoſition arrêtera toutes les plaintes, tous les
murmures, & preparera ſon cœur à ſouffrir tous les
evenemens les plus facheux „ Ne dites jamais, dit-

„ il, j'ay perdu cela, dites pluſtot, je l'ay rendu :
„ Mon fils eſt mort, je l'ay rendu. Ma femme eſt
„ morte, je l'ay renduë. Ainſi des biens & de
„ tout le reſte. Mais celuy qui me l'ôte eſt un
„ mechant homme, direz-vous? Pourquoy vous
„ mettez-vous en peine par qui celuy qui vous la
„ prêté vient le redemander? Pendant qu'il vous en
„ permet l'uſage, ayés-en ſoin comme d'un bien qui
„ appartient à autruy, comme un voyageur fait dans
„ une Hôtellerie. Vous ne devés pas, dit-il encore,
„ deſirer que les choſes ſe faſſent comme vous le vou-
„ lés, mais vous devés vouloir qu'elles ſe faſſent com-
„ me elles ſe font. Souvenés-vous, ajoute-t-il, que
„ vous êtes ici comme un acteur, & que vous joüés
„ votre perſonnage dans une Comedie, tel qu'il plait
„ au maitre de vous le donner. Soyez ſur le Theatre
„ autant de temps, qu'il lui plait, paroiſſez y riche
„ ou pauvre ſelon qu'il l'a ordonné. C'eſt votre fait
„ de bien jouer le perſonnage qui vous eſt donné ;
„ mais de le choiſir c'eſt le fait d'un autre. Ayez tous
„ les jours devant les yeux la mort, & les maux qui
„ ſemblent les plus inſupportables, & jamais vous ne
„ penſerez rien de bas, & ne deſirerez rien avec Excés.„
Il montre en mille manieres ce que l'homme doit faire.
Il veut qu'il ſoit humble, qu'il cache ſes bonnes reſolu-
tions, ſurtout dans les commencements, & qu'il les
accompliſſe en ſecret : rien ne les ruine davantage
que de les produire. Il ne ſe laſſe point de repeter
que

que toute l'étude & le defir de l'homme doit être de connoitre la volonté de Dieu, & de la fuivre.

Telles étoient les lumieres de ce grand efprit : Heureux s'il avoit aufly connu fa foibleffe ! Apres avoir fi bien compris ce qu'on doit faire, il fe perd dans la préfomption de ce que l'on peut. „ Dieu, dit-il, „ a donné à tout homme les moyens de s'acquitter de „ toutes fes obligations, ces moyens font toujours en „ fa puiffance ; il ne faut chercher la felicité que par „ les chofes qui font toujours en notre pouvoir, puif- „ que Dieu nous les a données à cette fin : Il faut voir „ ce qu'il y a en nous de libre : les biens, la vie, l'ef- „ time ne font pas en notre puiffance, & ne menent „ pas à Dieu : Mais l'efprit ne peut être forcé de „ croire ce qu'il fçait être faux, ni la volonté d'aimer „ ce qu'elle fçait qui la rend malheureufe, ces deux „ puiffances font donc pleinement libres, & par „ elles feules nous pouvons nous rendre parfaits, con- „ noitre Dieu parfaitement ; l'aimer, luy obéir, luy „ plaire, furmonter tous les Vices, acquerir toutes les „ vertus, & ainfi nous rendre faints & compagnons de „ Dieu.„ Ces orgueilleux Principes conduifent Epictete à d'autres erreurs, comme que l'Ame eft une portion de la fubftance divine, que la Douleur & la Mort ne font pas des maux, qu'on peut fe tuer quant on eft fi perfecuté qu'on peut croire que Dieu nous appelle &c.

E

CARACTERE DE MONTAGNE.   ·

Montagne né dans un état Chretien fait profeſſion de la Religion Catholique : Mais comme il a voulu chercher une Morale fondée ſur la raiſon ſans les lumieres de la foy : il prend ſes principes dans cette ſuppoſition, & conſidere l'homme deſtitué de toute Revelation.   Il met donc toutes choſes dans un doute ſi univerſel & ſi general, que l'homme doutant même s'il doute, ſon incertitude roule ſur elle même dans un cercle perpetuel & ſans repos, s'oppoſant également à ceux qui diſent que tout eſt incertain & à ceux qui diſent que tout ne l'eſt pas, parce qu'il ne veut rien aſſurer. C'eſt dans ce doute qui doute de ſoy, & dans cette ignorance qui s'ignore, que conſiſte l'eſſence de ſon opinion.   Il ne peut l'exprimer par aucun terme poſitif : Car s'il dit qu'il doute il ſe trahit, en aſſurant au moins qu'il doute, ce qui étant formellement contre ſon intention, il eſt reduit à s'expliquer par interrogation ; de ſorte que ne voulant pas dire *je ne ſçay*, il dit, *que ſçay-je?*   Dequoi il a fait ſa Deviſe en la mettant ſous les baſſins d'une Balance, lesquels peſant les contradictoires ſe trouvent dans un parfait Equilibre.   En un mot, il eſt pur Pyrrhonien.   Tous ſes diſcours, tous ſes Eſſais roulent ſur ce principe, & c'eſt la ſeule choſe qu'il pretent bien établir.   Il detruit inſenſiblement tout ce qui paſſe pour le plus certain parmy les hommes, non pas pour établir le contraire avec une certitude, de laquelle seule il eſt enemy, mais pour faire voir ſeulement que les apparences étant égales de part et d'autre, on ne ſçait où aſſeoir ſa Creance.

Dans cet Eſprit il ſe mocque de toutes les Aſſurances, il combat, par exemple, ceux qui ont penſé établir un grand remede contre les procès, par la multitude, & la pretenduë juſteſſe des Loix : comme ſi on pouvoit couper la racine des doutes, d'où naiſſent les procès ; comme s'il y avoit des Digues qui puſſent arrêter le torrent de l'incertitude, & captiver les Conjectures. Il dit à cette occaſion, *qu'il vaudroit autant ſoumettre ſa Cauſe au premier paſſant, qu'à des juges armez de ce nombre d'Ordonnances.* Il n'a pas l'Ambition de changer l'ordre de l'Etat, il ne pretent pas que ſon avis ſoit meilleur, il n'en croit aucun bon. Il veut ſeulement prouver la vanité des opinions les plus receües, montrant que l'excluſion de toutes loix diminueroit plutot le nombre des Differends, que cette multitude de Loix qui ne ſert qu'à l'augmenter, parce que les obſcurités croiſſent à meſure qu'on eſpere les oter, elles ſe multiplient par les Commentaires, & le plus ſur Moyen d'entendre le ſens d'un Diſcours eſt de ne le pas examiner, de le prendre ſur la premiere apparence, car ſi peu qu'on l'obſerve, toute ſa clarté ſe diſſipe. Sur ce Modele il juge à l'avanture de toutes les Actions des hommes & des points d'hiſtoire, tantot

E 2

d'une maniére, tantot d'une autre, fuivant librement
fa premiere vüe, & fans contraindre fa penfée fous les
regles de la raifon, qui n'a, felon lui, que de fauffes
Mefures. Ravi de montrer par fon exemple les contrarietez d'un même efprit, dans ce Genie tout libre,
il luy eft également bon de s'emporter ou non dans les
Difputes, ayant toujours par l'un ou l'autre exemple,
un moyen de faire voir la foibleffe des Opinions ; étant
porté avec tant d'avantage dans le doute univerfel,
qu'il s'y fortifie egalement par fon Triomphe & par fa
defaite.

C'eft dans cette Affiette, toute flotante, & toute
Chancelante qu'elle eft qu'il combat avec une
fermeté invincible & foudroye l'impiété horrible
de ceux qui affurent que Dieu n'eft point. Il les
entreprend particuliérement dans l'Apologie de Rai-
mond de Sebonde, & les trouvant depoüillés volontairement de toute Revelation & abandonnez à leur lumiere
naturelle, tout fait mis à part, il les interroge de
quelle autorité ils entreprennent de juger de cet Etre
fouverain qui eft infini par fa propre Definition, eux
qui ne connoiffent veritablement aucune des moindres
chofes de la nature. Il leur demande fur quels principes ils s'appuient, & il les preffe de les luy montrer.
Il examine tous ceux qu'ils peuvent produire, et il pe-
nétre fi avant, par le talent où il excelle, qu'il montre la vanité de tous ceux qui paffent pour les plus é-
clairez & les plus fermes. Il demande fi l'ame connoit

quelque chofe, fi elle fe connoit elle meme; fi elle
eft fubftance ou accident, corps ou efprit; ce que c'eft
que chacune de ces chofes, & s'il n'y a rien qui ne foit
quelqu'un de ces Ordres; fi elle connoit fon propre
Corps, fi elle fçait ce que c'eft que matiere; comment
elle peut raifonner, fi elle eft materielle; & comment
elle peut être unie à un corps particulier, & en reffentir
les Paffions, fi elle eft fpirituelle. Quand a-t-elle
commencé d'être? avec ou devant le Corps? finit-elle
avec luy ou non? ne fe trompet-elle jamais? fçait-elle
quand elle erre? vû que l'effence de la meprife con-
fifte à la méconnoitre. Il demande encore fi les animaux raifonnent, penfent, parlent; qui peut decider
ce que c'eft que le temps, l'efpace, l'étenduë, le
mouvement, l'unité, toutes chofes qui nous environnent
& entierement inexplicables; ce que c'eft que Santé,
Maladie, Mort, Vie, Bien, Mal, Juftice, peché dont
nous parlons à toute heure. Si nous avons en nous
des principes du Vray, & fi ceux que nous croyons, &
qu'on appelle Axiomes ou Notions communes à tous
les hommes font conformes à la verité effentielle:
Puifque nous ne fçavons que par la feule foy qu'un étre
tout bon nous les a donnés veritables, en nous creant
pour connoitre la verité; qui fçaura fans cette lumiere
de la Foy, fi étant formés à l'avanture nos notions ne
font pas incertaines, ou fi etant formés par un Etre faux
& mechant, il ne nous les a pas données fauffes pour
nous feduire? Montrant par là que Dieu & le Vray font
infeparables, & que fi l'un eft ou n'eft pas, s'il eft certain

ou incertain, l'autre eft neceffairement de même. Qui
fçait fi le fens commun que nous prenons ordinairement pour juge du Vray a éte deftiné à cette fon-
ction par celuy qui l'a créé? qui fçait ce que c'eft que
verité, & comment on peut s'affurer de l'avoir fans la
Connoitre? qui fçait même ce que c'eft qu'un Etre,
puis qu'il eft impoffible de le definir, qu'il n'y a rien
de plus general, & qu'il faudroit d'abord pour l'expliquer fe fervir de l'être même en difant, c'eft telle ou
telle chofe. Puis donc que nous ne fçavons ce que
c'eft qu'Ame, Corps, Temps, Efpace, Mouvement,
Verité, Bien, ny meme l'Etre, ny expliquer l'Idée que
nous nous en formons; comment nous affurons nous qu'elle
eft la même dans tous les hommes? nous n'en avons
d'autres marques que l'uniformité des confequences,
qui n'eft pas toujours un Signe de celle des Principes,
car ceux-cy peuvent bien être differens & conduire
neanmoins aux mêmes Conclufions, chacun fçachant
que le Vray fe conclut fouvent du faux.

Enfin Montagne examine profondement toutes les
Sciences; la Geometrie dont il tache de montrer l'incertitude dans fes Axiomes, & dans les Termes qu'elle
ne definit point, comme d'etenduë, de *Mouvement*, &*c.*
la Phyfique & la Medecine qu'il déprime en une infinité de façons; l'Hiftoire, la Politique, la Morale,
la Jurifprudence & le refte, de forte que, fans la Revelation, nous pourrions croire, felon luy, que la vie
eft un fonge, dont nous ne nous éveillons qu'à la

mort, & pendant lequel nous avons auffy peu les principes du Vray que durant le Sommeil naturel. C'eft ainfy qu'il gourmande fi fortement & fi cruellement la Raifon denuée de la Foy, que luy faifant douter fi elle eft raifonnable, & fi les animaux le font ou non, ou plus ou moins que l'homme, il la fait defcendre de l'excellence qu'elle s'eft attribuée & la met par grace en parallele avec les Bêtes, fans luy permettre de fortir de cet ordre jufqu'à ce qu'elle foit inftruite par fon Createur même, de fon rang qu'elle ignore, la menaçant, fi elle gronde, de la mettre au deffous de toutes, ce qui luy paroit auffy facile que le contraire, & ne luy donnant pouvoir d'agir cependant, que pour reconnoitre fa foibleffe avec une humilité fincere, au lieu de s'élever par une fotte vanité. On ne peut voir fans joye dans cet auteur la fuperbe raifon fi invinciblement froiffée par fes propres armes, & cette revolte fi fanglante de l'homme contre l'homme, laquelle, de la Societé avec Dieu où il s'élevoit par les maximes de fa foible Raifon, le precipite dans la Condition des Bêtes ; & on aimeroit de tout fon Coeur le miniftre d'une fi grande Vengeance, fi, en fuivant les regles d'une bonne Morale, il portoit ces hommes qu'il avoit fi utilement humiliés, à ne pas irriter par de nouveaux crimes, celuy qui peut feul les tirer de ceux qu'il les a convaincus de ne pouvoir pas feulement connoitre. C'eft icy le foible de Montagne : voyons fa Morale.

De ce principe, que hors de la Foy tout eſt dans l'incertitude, & conſiderant combien il y a de temps qu'on cherche le Vray & le Bien, ſans grand progrès vers la tranquillité, il conclud qu'on en doit laiſſer le ſoin aux autres, demeurer cependant en repos, coulant legérement ſur ces Sujets de peur d'y enfoncer en appuyant, prendre le Vray & le Bien ſur la premiere apparence, ſans les preſſer, parce qu'ils ſont ſi peu ſolides, que quelque peu que l'on ſerre la main, ils s'échapent étre les doigts, & la laiſſent vuide. Il ſuit donc le rapport des ſens & les notions communes, parce qu'il faudroit ſe faire violence pour les dementir, & qu'il ne ſçait s'il y gagneroit, ignorant où eſt le Vray. Il fuit auſſy la douleur & la mort, parce que ſon inſtinct l'y pouſſe & qu'il n'y veut pas réſiſter par la même Raiſon: mais il ne ſe fie pas trop à ces mouvemens de crainte, n'oſeroit en conclure que ce ſoient de veritables maux: vû qu'on ſent auſſi des mouvemens de plaiſir qu'on accuſe d'étre mauvais, quoyque la nature, dit-il, parle au contraire. „ Ainſy je n'ay rien d'extravagant „ dans ma conduite, pourſuit-il, j'agis comme les „ autres, & tout ce qu'ils ſont dans la ſotte penſée „ qu'ils ſuivent le vray bien ; je le fais par un autre „ Principe, qui eſt que les vray-ſemblances étant „ pareilles de l'un & de l'autre côté, l'exemple & la „ commodité ſont les contrepoids qui m'entrainent." Il ſuit les mœurs de ſon païs parce que la coutume
l'emporte

l'emporte ; il monte son cheval parce que le cheval le
souffre, mais sans croire que ce soit de Droit, au contraire il ne sçait pas si cet animal n'a pas celuy de se
servir de luy. Il se fait même quelque violence pour
eviter certains vices, il garde la fidelité au Marriage,
à cause de la peine qui suit les desordres; la regle de
ses actions étant en tout la commodité & la tranquillité.
Il rejette donc bien loin cette vertu Stoïque, qu'on
peint avec une mine severe, un regard farouche, des
cheveux herissés, le front ridé & en sueur, dans une
posture penible & tenduë, loin des hommes, dans un
morne silence, & seule sur la pointe d'un Rocher ;
Fantome, dit Montagne, capable d'effrayer les enfans,
& qui ne fait autre chose avec un travail continuel, que
de chercher un repos où elle n'arrive jamais : au lieu
que sa science est naive, familiere, plaisante, enjoüéé,
& pour ainsi dire folatre : elle suit ce qui la charme,
& badine negligeamment des accidens bons & mauvais, couchée mollement dans le sein de l'oisiveté tranquille d'où elle montre aux hommes qui cherchent
la felicité avec tant de peine, que c'est là seulement
où elle repose, & que l'ignorance & l'incuriosité sont
deux doux oreillers pour une tête bien faite, comme
il le dit luy-même.

F

COMPARAISON D'EPICTETE &
DE MONTAGNE.

En lifant Montagne & le comparant avec Epictete, on ne peut fe diffimuler, qu'ils étoient affurement les deux plus grands defenfeurs, des deux plus celebres fectes du monde infidele, & qui font les feules entre celles des hommes deftitués de la lumiere de la Religion qui foient en quelque forte liées et confequentes. En effet que peut-on faire fans la Revelation que de fuivre l'un ou l'autre de ces deux Syftemes ? Le premier il y a un Dieu, donc c'eft luy qui a créé l'homme : il l'a fait pour lui-même, il l'a créé tel qu'il doit être pour être jufte & devenir heureux: donc l'homme peut connoitre la verité, & il eft à portée de s'élever par la fageffe jufqu'à Dieu qui eft fon fouverain bien. Second fyftême. L'homme ne peut s'élever jufqu'à Dieu, fes inclinations contredifent la loy ; il eft porté à chercher fon bonheur dans les biens vifibles, & même en ce qu'il y a de plus honteux. Tout paroit donc incertain, & le vray bien l'eft auffy, ce qui femble nous reduire à n'avoir ni regle fixe pour les mœurs ni certitude dans les fciences. Il y a un plaifir extreme à remarquer dans ces divers raifonnemens, en quoy les uns & les autres ont aperçu quelque chofe de la verité qu'ils ont effayé de connoitre. Car s'il eft agreable d'obferver dans la Nature le defir qu'elle a de peindre Dieu dans tous ſes ouvrages ou l'on en voit quelques Caracteres parce qu'ils en ſont les images, combien plus eſt-il juſte de conſiderer dans les pro- ductions des eſprits, les efforts qu'ils font pour parvenir à la Verité, & de remarquer en quoy ils y arrivent & en quoy ils s'en egarent. C'eſt la principale utilité qu'on doit tirer de ſes Lectures. Il ſemble que la ſource des erreurs d'Epictete & de Stoiciens d'une part, de Montagne et des Epicuriens, de l'autre eſt de n'avoir pas ſçû que l'état de l'homme à preſent, differe de celuy de ſa Creation. Les uns remarquant quelques traces de ſa premiere grandeur, et ignorant ſa corrup- tion, ont traité la nature comme ſaine, et ſans be- ſoin de Reparateur, ce qui les mene au comble de l'orgueil. Les autres éprouvant ſa miſere preſente, et ignorant ſa premiere dignité, traittent la nature comme neceſſairement infirme et irreparable, ce qui les preci- pite dans le deſeſpoir d'arriver à un veritable Bien, et de là dans une extreme lacheté. Ces deux états qu'il falloit connoitre enſemble, pour voir toute la verité, étant connus ſeparement, conduiſent neceſſairement à l'un de ces deux vices, à l'orgueil ou à la pareſſe, où ſont infalliblement plongez tous les hommes deſtituez des lumieres de la revelation, puiſque s'ils ne demeu- rent point dans leurs deſordres par lacheté, ils n'en ſortent que par vanité, & ſont toujours eſclaves.

C'eſt donc de ces lumieres imparfaites qu'il arrive

que les uns connoiſſant l'infirmité, & non le devoir,
ils s'abbattent dans la Lacheté, les autres connoiſſant
le devoir, ſans connoitre leur infirmité, ils s'élevent
dans leur Orgueil. On s'imaginera peut-être qu'en les
alliant on pourroit former une Morale parfaite : Mais
au lieu de cette paix il ne reſulteroit de leur Aſſem-
blage qu'une Guerre & une Deſtruction generale :
Car les uns établiſſant la certitude, & l'autre le doute,
les uns la grandeur de l'homme, les autres ſa foibleſſe,
ils ne ſçauroient ſe reunir & ſe concilier, ils ne peuvent ny ſubſiſter ſeuls à cauſe de leurs defauts ny
s'unir à cauſe de la contrarieté de leurs Opinions.

CONCILIATION DES DEUX SYSTEMES.

Il faut qu'ils ſe briſent & s'aneantiſſent pour faire
place à la verité de la Revelation : C'eſt elle qui ac-
corde les contrarietés les plus formelles par un Art tout
Divin. Uniſſant tout ce qui eſt de Vray, chaſſant tout
ce qu'il y a de faux, elle enſeigne avec une ſageſſe veritablement celeſte, le point où s'accordent les principes oppoſés, qui paroiſſoient incompatibles dans ces
doctrines purement humaines. En voicy la Raiſon, les
ſages du monde ont placé les contrarietez dans un
même ſujet, l'un attribuoit la force à la nature,
l'autre la foibleſſe à cette même nature ce qui ne peut
ſubſiſter : Au lieu que la foi nous apprend à les mettre en des ſujets differents ; toute l'infirmité appartient à la nature, toute la puiſſance au ſecours de

Dieu. Voila l'union etonnante & nouvelle que Dieu seul pouvoit enseigner, que luy seul pouvoit faire. C'est ainsy que la Philosophie conduit insensiblement à la Theologie : & il est difficile de n'y pas entrer, quelque verité que l'on traite, parce qu'elle est le centre de toutes les veritez, ce qui paroit icy parfaitement, puisqu'elle renferme si visiblement ce qu'il y a de Vray dans ces Opinions contraires. Aussy on ne voit pas comment aucun d'eux pourroit refuser de la suivre. S'ils sont pleins de la grandeur de l'homme, qu'en ont-ils imaginé qui ne cede aux promesses de l'Evangile ? & s'ils se plaisent à voir l'infirmité de la nature, leur idée n'egale point celle de la veritable foiblesse du peché. Chaque Party y trouve plus qu'il ne desire, & ce qui est admirable y trouve une union solide, eux qui ne pouvoient s'allier dans un degré infiniment inferieur.

CONCLUSION.

On s'imagine que les Chretiens ont peu de besoin de ces lectures Philosophiques : on a tort, surtout dans un siecle comme le notre. Epictete a un art incomparable, pour troubler le repos de ceux, qui le cherchent dans les choses exterieures, & pour les forcer à connoitre qu'ils sont de veritables esclaves & de miserables aveugles ; qu'il est impossible d'eviter l'erreur & la douleur qu'ils fuient, s'ils ne se donnent sans reserve à Dieu seul. Montagne est incomparable pour confondre l'orgueil de ceux qui, sans la foy, se piquent

d'une veritable Juſtice, pour defabuſer ceux qui s'at‐
tachent à leurs opinions, & qui croient independament
de l'exiſtence & des perfections de Dieu trouver dans les
Sciences des verités inebranlables ; & pour convaincre
ſi bien la Raiſon de ſon peu de lumiere & de ſes éga‐
remens, qu'il eſt difficile après cela d'être tenté de
rejetter les Myſteres parce qu'on croit y trouver des re‐
pugnances. Mais Epictete en combattant la pareſſe
mene à l'orgueil, & pourroit être nuiſible à ceux qui
ne font pas perſuadés de la corruption de toute juſtice
qui ne vient pas de la foy : Montagne paroit auſſy
pernicieux de ſon coté, à ceux qui ont quelque pente
à l'Impiete & aux Vices. Ces lectures doivent être
reglées avec beaucoup de ſoin, de diſcretion, & d'e‐
gard à la condition & aux mœurs de ceux qui s'y ap‐
pliquent. Mais il ſemble qu'en les joignant elles ne
peuvent que reüſſir, parceque l'une s'oppoſe au mal de
l'autre. Il eſt vray qu'elles ne peuvent donner la
vertu, mais elles troublent dans les Vices, l'homme ſe
trouvant combattu par les contraires dont l'un chaſſe
l'Orgueil & l'autre la Pareſſe.

DIS‐

DISCOURS

D'ESTIENNE DE LA BOETIE,

DE LA SERVITUDE VOLONTAIRE,

Ou le Contr'un.

Avec les Notes de M. COSTE.

(a) D'Avoir plufieurs Seigneurs aucun bien je ne voy,
Qu'un fans plus foit le maiftre, & qu'un feul foit le Roy,

ce dit Ulyffe en Homere, parlant en public. S'il n'euft dit, finon

D'avoir plufieurs Seigneurs aucun bien je ne voy,

(a) Ὀυκ ἀγαθὸν πολυκοιρανίη εἶς κοίρανος ἔτω,
Εἶς βασιλεύς.   Iliad. L. II. vſ. 204, 205.

cela eſtoit tant bien dit que rien plus. Mais au lieu que pour parler avec raiſon, il faloit dire que la domination de pluſieurs ne pouvoit eſtre bonne, puis que la puiſſance d'un ſeul, deſlors qu'il prend ce tiltre de Maiſtre, eſt dure & deſraiſonable : il eſt allé adjouſter tout au rebours,

Qu'un ſans plus ſoit le maiſtre, & qu'un ſeul ſoit le Roy.

Toutefois à l'avanture il faut excuſer Ulyſſe, auquel poſſible lors il eſtoit beſoin d'uſer de ce langage, & de s'en ſervir pour appaiſer la revolte de l'armée, conformant (je croy) ſon propos plus au temps, qu'à la verité. Mais à parler à bon eſcient, c'eſt un extreme mal-heur, d'eſtre ſujet à un maiſtre, duquel on ne peut eſtre jamais aſſeuré qu'il ſoit bon, puis qu'il eſt toujours en ſa puiſſance d'eſtre mauvais quand il voudra. Et d'avoir pluſieurs maiſtres, c'eſt autant que d'avoir autant de fois à eſtre extrememet mal-heureux. Si ne veux-je pas pour ceſte heure debatre ceſte queſtion tant pourmenée, à ſavoir ſi les autres façons de Republiques ſont meilleures que la Monarchie. A quoy ſi je voulois venir, encores voudrois-je ſavoir, avant que mettre en doute, quel rang la Monarchie doit avoir entre les Republiques, ſi elle y en doit avoir aucun : pource qu'il eſt malaiſé de croire, qu'il y ait rien de public en ce gouvernement, où tout eſt à un. Mais ceſte queſtion eſt reſervée pour un autre temps,

&

& demanderoit bien fon traité à part : ou pluſtoſt a-
meneroit quant & foy toutes les diſputes politiques.

Pour ce coup je ne voudrois ſinon entendre, S'il
eſt poſſible, & comme il ſe peut faire, que tant
d'hommes, tant de Villes, tant de Nations, endurent
quelques fois un Tyran ſeul, qui n'a puiſſance, que
celle qu'on luy donne : qui n'a pouvoir de leur
nuire, ſinon de tant qu'ils ont vouloir de l'endurer :
qui ne ſauroit leur faire mal aucun, ſinon lors qu'ils
aiment mieux le ſouffrir, que luy contredire. Grand'
choſe certes, & toutesfois ſi commune, qu'il s'en
faut de tant plus douloir, & moins esbahir, de voir
un million de millions d'hommes ſervir miſerablement,
ayans le col ſous joug, non pas contraints par une
plus grande force, mais aucunement (ce ſemble) en-
chantez & charmez par le ſeul nom d'*Un*, duquel
ils ne doyvent ni craindre la puiſſance, puis qu'il eſt
ſeul, ni aimer les qualitez, puis qu'il eſt en leur
endroit inhumain & ſauvage. La foibleſſe d'entre
nous hommes eſt telle. Il faut ſouvent que nous
obeyſſions à la force, il eſt beſoin de temporiſer, on
ne peut pas toujours eſtre le plus fort. Donc ſi une
Nation eſt contrainte par la force de la guerre de
ſervir à Un, comme la Cité d'Athenes aux trente
Tyrans, il ne ſe faut pas esbahir qu'elle ſerve, mais
ſe plaindre de l'accident ou bien pluſtoſt ne s'esbahir,

G

ni ne s'en plaindre, mais porter le mal patiemment, & fe referver à l'advenir à meilleure fortune. Noftre nature eft ainfi, que les communs devoirs de l'amitié emportent une bonne partie du cours de noftre vie. Il eft raifonnable d'aimer la Vertu, d'eftimer les beaux faicts, de conoiftre le bien d'où l'on l'a receu, & diminuer fouvent de noftre aife, pour augmenter l'honneur & avantage de celuy qu'on aime, & qui le merite. Ainfi donc, fi les habitans d'un Pays ont trouvé quelque grand perfonnage, qui leur ait monftré par efpreuve une grande prevoyance pour les garder, grande hardieffe pour les defendre, un grand foin pour les gouverner : fi de là en avant ils s'apprivoifent de luy obeyr, & s'en fier tant que de luy donner quelques avantages, je ne fçay (1) fi ce feroit fageffe : de tant qu'on l'ofte de là où il faifoit bien, pour l'avancer en lieu, où il pourra mal faire. Mais certes fi ne pourroit-il faillir d'y avoir de la bonté, de ne craindre point mal de celuy, duquel on n'a receu que bien.

Mais, ô bon Dieu, que peut eftre cela ? Comment dirons-nous que cela s'appelle ? Quel malheur eft ceftuy-là ? Ou quel vice, ou pluftoft quel malheureux vice, voir un nombre infini, non pas obeyr, mais fervir, non pas eftre gouvernez, mais tyrannifez, n'ayans ni biens, ni parens, ni enfans, ni leur vie

(1) *Si ce feroit un afte de fageffe d'autant qu'on l'ofte de là où il faifoit bien*, &c.

I

mefme, qui foit à eux ? Souffrir les pilleries, les
paillardifes, les cruautez, non pas d'une armée, non
pas d'un camp barbare, contre lequel il faudroit
defpendre fon fang & fa vie devant, mais d'un feul :
non pas d'un Hercules ne d'un Samfon, mais d'un feul
hommeau (2), & le plus fouvent du plus lafche & femenin (3) de la Nation : non pas acouftumé à la pou-
dre des battailles, mais encores à grand' peine au fable
des tournois : non pas qui puiffe par force comman-
der aux hommes, mais tout empefché de fervir vile-
ment à la moindre femmelette. Appellons-nous cela
lafcheté ? Dirons-nous, que ceux-là qui fervent,
foyent couards & recreus ? Si deux, fi trois, fi quatre, ne fe defendent d'Un, cela eft eftrange, mais
toutefois poffible. Bien pourra l'on dire lors à bon
droit, que c'eft faute de cœur. Mais fi cent, fi mille,
endurent d'un feul, ne dira-on pas, qu'ils ne veulent
point, qu'ils n'ofent pas fe prendre à luy, & que c'eft
non couardife ; mais pluftoft mefpris & defdain ? Si
l'on void, non pas cent, non pas mille hommes, mais
cent pays, mille villes, un million d'hommes, n'af-
faillir pas un feul, duquel le mieux traitté de tous
en reçoit mal d'eftre ferf & efclave : comment pour-
rons-nous nommer cela ? Eft-ce lafcheté ? Or il y
a en tous vices naturellement quelque borne, outre laquelle ils ne peuvent paffer. Deux peuvent craindre
Un, & poffible dix : mais mille, mais un million,

G 2

(2) *Hommeau*, petit homme : *Cotgrave* dans fon Dictionaire François
& Anglois. On trouve *Hommet*, & *Hommelet*, dans Nicot.

(3) *Femenin*, *Feminin*, effeminé : *Cotgrave*.

DISCOURS DE LA BOETIE,

mais mille Villes, fi elles ne fe defendent d'Un, cela n'eft pas couardife. Elle ne va point jufques-là, non plus que la vaillance ne s'eftend pas, qu'un feul efchelle une fortereffe, qu'il affaille une armée, qu'il conquiere un Royaume. Donques quel monftre de vice eft-cecy, qui ne merite pas encore le tiltre de couardife ? qui ne trouve de nom affez vilain, que Nature defavouë avoir fait, & la langue refufe de le nommer ? Qu'on mette d'un cofté cinquante mille hommes en armes, d'un autre autant : qu'on les range en bataille, qu'ils viennent à fe joindre, les uns libres combatans pour leur franchife, les autres pour la leur ofter : aufquels promettra-on par conjecture la victoire ? Lefquels penfera-on qui plus gaillardement iront au combat, ou ceux qui efperent pour guerdon (4) de leur peine l'entretenement de leur liberté, ou ceux qui ne peuvent attendre loyer des coups qu'ils donnent, ou qu'ils reçoyvent, que la fervitude d'autruy ? Les uns ont toujours devant leurs yeux le bonheur de leur vie paffée, l'attente de pareil aife à l'advenir. Il ne leur fouvient pas tant, de ce qu'ils endurent ce peu de temps que dure une bataille, comme de ce qu'il conviendra à jamais endurer à eux, à leurs enfans, & à toute la pofterité. Les autres n'ont rien qui les enhardiffe, qu'une petite pointe de convoitife, qui fe rebouche foudain contre le danger, & qui ne peut eftre fi ardente, qu'elle ne fe doyve, & femble eftaindre par

---

(4) *Guerdon,* loyer, recompenfe : *Nicot.*

la moindre goutte de fang, qui forte de leurs playes.
Aux batailles tant renommées de *Miltiade*, de *Leonide*, de *Themiftocles*, qui ont efté données deux mille
ans a, & vivent encores aujourd'huy auffi frefches en
la memoire des livres & des hommes, comme fi c'euft
efté l'autre hier, qu'elles furent données en Grece,
pour le bien de Grece & pour l'exemple de tout le
monde : qu'eft-ce qu'on penfe qui donna à fi petit
nombre de gens, comme eftoyent les Grecs, non le
pouvoir, mais le cœur de fouftenir ·la force de tant
de navires, que la mer mefme en eftoit chargée ? De
desfaire tant de Nations qui eftoyent en fi grand
nombre, que l'efquadron des Grecs n'euft pas fourny,
s'il euft falu, des Capitaines aux armées des Ennemis ?
Sinon qu'il femble qu'en ces glorieux jours-là ce
n'eftoit pas tant la bataille des Grecs contre les Perfes,
comme la victoire de la Liberté fur la Domination, &
de la franchife fur la convoitife.

C'eft chofe (5) eftrange, d'ouyr parler de la vaillance, que la liberté met dans le cœur de ceux qui la
defendent.   Mais ce qui fe fait en tous pays, par tous
les hommes, tous les jours, qu'un homme feul maftine
cent mille Villes, & les prive de leur liberté : qui le
croiroit, s'il ne faifoit que l'ouyr dire, & non le voir ?
Et s'il ne fe voyoit qu'en pays eftranges, & lointaines
terres, & qu'on le dift, qui ne penferoit que cela fuft

(5) *Merveilleufe, digne d'admiration.*

pluſtoſt feint & controuvé, que non pas veritable ? Encores ce ſeul Tyran, il n'eſt pas beſoin de le combattre, il n'eſt pas beſoin de s'en defendre : il eſt de ſoy-meſme desfait, (6) mais que le Pays ne conſente à la ſervitude. Il ne faut pas luy rien oſter, mais ne luy donner rien. Il n'eſt point beſoin que le Pays ſe mette en peine de faire rien pour ſoy, mais qu'il ne ſe mette pas en peine de faire rien contre ſoy. Ce ſont donc les Peuples meſmes, qui ſe laiſſent, ou pluſtoſt ſe font gourmander, puis qu'en ceſſant de ſervir ils en ſeroyent quittes. C'eſt le peuple qui s'aſſervit, qui ſe coupe la gorge : qui ayant le chois d'eſtre ſujet, ou d'eſtre libre, quitte ſa franchiſe, & prend le joug, qui conſent à ſon mal, ou pluſtoſt le pourchaſſe. S'il luy couſtoit quelque choſe de recouvrer ſa liberté, je ne l'en preſſerois point : combien que ce ſoit ce que l'homme doit avoir plus cher, que de ſe remettre en droit naturel : & par maniere de dire, de beſte revenir à homme. Mais encores je ne deſire pas en luy ſi grande hardieſſe. Je ne luy permets point, qu'il aime mieux une ; je ne ſçay quelle ſeureté de vivre à ſon aiſe. Quoy ? ſi pour avoir la liberté, il ne luy faut que la deſirer : s'il n'a beſoin que d'un ſimple vouloir, ſe trouvera-il Nation au monde, qui l'eſtime trop chere, la pouvant gaigner d'un ſeul ſouhait ? Et qui plaigne ſa volonté à recouvrer le bien, lequel on

___

(6) *Pourveu que.* ,, Un homme ſage, dit *Philippe de Comines*, ſert ,, bien en une compagnie de Princes, *mais qu'on* le veuille croire, & ne ,, ſe pourroit trop acheter : L. I. c. 12.

devroit racheter au pris de fon fang ? Et lequel perdu,
tous les gens d'honneur doyvent eftimer la vie defplai-
fante, & la mort falutaire ? Certes tout ainfi comme
le feu d'une petite eftincelle devient grand, & toujours fe renforce, & plus il trouve de bois, & plus eft
preft d'en brufler, & fans que on y mette de l'eau
pour l'eftaindre, feulement en n'y mettant plus de
bois, n'ayant plus que confumer, il fe confume foy-
mefme, & devient fans forme aucune & n'eft plus feu:
Pareillement les Tyrans, plus ils pillent, plus ils exi-
gent, plus ils ruinent & deftruifent, plus on leur baille,
plus on les fert, d'autant plus ils fe fortifient, deviennent toujours plus forts & plus frais, pour aneantir &
deftruire tout. Et fi on ne leur baille rien, fi on ne
leur obeyt point, fans combattre, fans frapper ils demeurent nuds & desfaits, & ne font plus rien : finon
que comme la racine, n'ayant plus d'humeur & ali-
ment devient une branche feiche & morte.

Les hardis, pour acquerir le bien qu'ils demandent,
ne craignent point le danger, les advifez ne refufent
point la peine. Les lafches & engourdis ne fçavent ni
endurer le mal ni recouvrer le bien. Ils s'arreftent
en cela, de le fouhaitter, & la vertu d'y pretendre
leur eft oftée par leur lafcheté, le defir de l'avoir leur
demeure par la nature. Ce defir, cefte volonté, eft
commune aux fages & aux indifcrets, aux courageux
& aux couards, pour fouhaiter toutes chofes, qui eftans
acquifes, les rendroyent heureux & contens. Une

feule en eſt à dire, en laquelle je ne ſçay comme nature defaut aux hommes, pour la deſirer. C'eſt la
Liberté, qui eſt toutesfois un bien ſi grand, & ſi
plaiſant, qu'elle perduë, tous les maux viennent à
la file, & les biens meſmes qui demeurent aprés
elle, perdent entierement leur gouſt & ſaveur, cor-
rompus par la ſervitude. La ſeule Liberté, les hommes ne la deſirent point : non pas pour autre raiſon
(ce me ſemble) ſinon pource que s'ils la deſiroyent,
ils l'auroyent : comme s'ils refuſoyent faire ce bel ac-
queſt ſeulement, parce qu'il eſt trop aiſé.

Pauvres gens & miſerables, Peuples inſenſez, Nations opiniaſtres en voſtre mal, & aveugles en voſtre
bien, vous vous laiſſez emporter devant vous le plus
beau & le plus clair de voſtre revenu, piller vos
champs, voller vos maiſons, & les deſpouiller des
meubles anciens & paternels! Vous vivez de ſorte,
que vous pouvez dire, que rien n'eſt à vous. Et
ſembleroit, que meſhuy ce vous ſeroit grand heur,
de tenir à moitié vos biens, vos familles & vos vies :
& tout ce degaſt, ce malheur, ceſte ruine vous vient,
non pas des ennemis, mais bien certes de l'ennemy,
& de celuy que vous faites ſi grand qu'il eſt, pour
lequel vous allez ſi courageuſement à la guerre,
pour la grandeur duquel vous ne refuſez point de
preſenter à la mort vos perſonnes. Celuy qui vous
maiſtriſe tant, n'a que deux yeux, n'a que deux
mains,

mains, n'a qu'un corps, & n'a autre chofe que ce qu'a
le moindre homme du grand nombre infiny de vos
Villes : finon qu'il a plus que vous tous, c'eſt l'avantage que vous luy faites, pour vous deſtruire. D'où
a-il prins tant d'yeux? d'où vous eſpie-il, ſi vous ne
les luy donnez? Comment a-il tant de mains pour vous
frapper, s'il ne les prend de vous? Les pieds dont il
foule vos Citez, d'où les a-il, s'ils ne ſont des voſtres?
Comme a-il aucun pouvoir ſur vous, que par vous
autres meſmes? Comment vous oſeroit-il courir ſus,
(7) s'il n'avoit intelligence avec vous? Que vous pourroit-il faire, ſi vous n'eſtiez recelleurs du larron qui
vous pille? complices du meurtrier qui vous tuë, &
traiſtres de vous-meſmes? Vous ſemez vos fruits, afin
qu'il en face le degaſt: Vous meublez & rempliſſez vos
maiſons, pour fournir à ſes voleries : Vous nourriſſez
vos filles, afin qu'il ait dequoy ſaouler ſa luxure : Vous
nourriſſez vos enfans, afin qu'il les meine, pour le
mieux qu'il leur face, en ſes guerres, qu'il les meine
à la boucherie, qu'il les face les miniſtres de ſes con-
voitiſes, les executeurs de ſes vengeances. Vous rom-
pez à la peine vos perſonnes, afin qu'il ſe puiſſe mi-
gnarder en ſes delices, & ſe veautrer dans les ſales &
vilains plaiſirs. Vous vous affoibliſſez, afin de le faire
plus fort & roide, à vous tenir plus courte la bride.
Et de tant d'indignitez, que les Beſtes meſmes, ou ne
ſentiroyent point, ou n'endureroyent point, vous pou-

H

(7) *S'il n'étoit d'intelligence avec vous.*

DISCOURS DE LA BOETIE,

vez vous en delivrer, fi vous effayez, non pas de vous en delivrer, mais feulement de le vouloir faire. Soyez refolus de ne fervir plus, & vous voila libres. Je ne veux pas que vous le poufliez, ny le branfliez, mais feulement ne le foufteniez plus ; & vous le verrez, comme un grand Coloffe, à qui on a defrobbé la bafe, de fon poids mefme fondre en bas, & fe rompre.

Mais certes les Medecins confeillent bien, de ne mettre pas la main aux playes incurables : & je ne fay pas fagement, de vouloir en cecy confeiller le Peuple, qui a perdu long tems y a toute conoiffance, & duquel, puis qu'il ne fent plus fon mal, cela feul monftre affez, que fa maladie eft mortelle. Cherchons donc par conjecture, fi nous en pouvons trouver, comment s'eft ainfi fi avant enracinée cefte opiniaftre volonté de fervir, qu'il femble maintenant, que l'Amour mefme de la Liberté ne foit pas fi naturelle.

Premierement, cela eft, comme je croy, hors de noftre doute, que fi nous vivions avec les droits que Nature nous a donnez, & les enfeignemens qu'elle nous apprend, nous ferions naturellement obeïffans aux parents, fujets à la Raifon & ferfs de perfonne, de l'obeïffance que chacun, fans autre advertiffement que de fon naturel, porte à fes pere & mere. Tous les hommes font tefmoins chacun en foy & pour foy, de la Raifon, fi elle naift avec nous, ou non : qui eft une queftion debatuë au fond par les Academiques, & touchée par toute l'eschole des Philofophes. Pour cefte heure je ne penferois point faillir, en croyant, qu'il y a en noftre ame quelque naturelle femence de raifon, qui entretenuë, par bon confeil & couftume, fleurit en vertu : & au contraire, fouvent ne pouvant durer contre les vices furvenus, eftouffée s'avorte. Mais certes s'il y a rien de clair & d'apparent en la Nature, & en quoy il ne foit pas permis de faire l'aveugle, c'eft cela, que Nature, le Miniftre de Dieu, & la Gouvernante des hommes, nous a tous faits de mefme forme, & comme il femble, à mefme moule, afin de nous entre-conoiftre tous pour compagnons, ou pluftot freres. Et fi faifant les partages des prefens qu'elle nous donnoit, elle a fait quelques avantages de fon bien, foit au corps ou à l'efprit, aux uns plus qu'aux autres : fi n'a-elle pourtant entendu nous mettre en ce monde, comme dans un champ clos, & n'a pas envoyé icy bas les plus forts & plus advifez, comme des brigands armez dans une foreft, pour y gourmander les plus foibles. Mais pluftoft faut-il croire, que faifant ainfi aux uns les parts plus grandes, & aux autres plus petites, (8) elle vouloit faire place à la fraternelle affection, afin qu'elle euft où s'employer, ayans les uns puiffance de donner aide, & les autres befoin d'en recevoir. Puis donc que cefte bonne mere nous a donné à tous toute la Terre pour demeure, nous a tous logez aucunement en une

H 2

(8) *Elle vouloit donner lieu à l'affection fraternelle.*

mefme maifon, nous a tous figurez en mefme pafte, afin que chacun fe peuft mirer, & quafi reconnoiftre l'un dans l'autre : fi elle nous a tous en commun donné ce grand prefent de la voix & de la parole, pour nous accointer & fraternifer davantage, & faire par la commune & mutuelle declaration de nos penfées, une communion de nos volontez : Et fi elle a tafché par tous moyens de ferrer & eftraindre plus fort le nœud de noftre alliance & focieté : fi elle a monftré en toutes chofes, qu'elle ne vouloit tant nous faire tous unis que tous uns : il ne faut pas faire doute, que nous ne foyons tous naturellement libres, puis que nous fommes tous compagnons : & ne peut tomber en l'entendement de perfonne, que Nature ait mis aucun en fervitude, nous ayant tous mis en compagnie.

Mais à la verité c'eft bien pour neant de debatre, fi la Liberté eft naturelle, puis qu'on ne peut tenir aucun en fervitude, fans luy faire tort, & qu'il n'y a rien au monde fi contraire à la Nature (eftant toute raifonnable) que l'injure. Refte donc de dire que la Liberté eft naturelle, & par mefme moyen (à mon advis) que nous ne fommes pas feulement nais en poffeffion de noftre franchife, mais auffi avec affection de la defendre. Or fi d'aventure nous faifons quelque doute en cela, & fommes tant abaftardis, que ne puiffions reconnoiftre nos biens, ni femblablement nos naïfves affections, il faudra que je vous face l'honneur qui vous ap-

I

partient, & que je monte, par maniere de dire, les Beftes brutes en chaire, pour vous enfeigner voftre nature & condition. Les beftes (ce m'aid' Dieu) fi les hommes ne font trop les fourds, leur crient : *Vive Liberté.* Plufieurs y en a d'entr'elles, qui meurent fitoft qu'elles font prifes, comme le poiffon, qui perd la vie auffitoft que l'eau : pareillement celles-là quittent la lumiere, & ne veulent point furvivre à leur naturelle franchife. Si les animaux avoient entre eux leurs rangs & préeminences, ils feroient (à mon advis) de liberté leur nobleffe. Les autres, des plus grandes jufques aux plus petites, lors qu'on les prend, font fi grande refiftance des ongles, de cornes, de pieds, de bec, qu'elles declarent affez combien elles tiennent cher ce qu'elles perdent. Puis eftans prifes, nous donnent tant de fignes apparens de la connoiffance qu'elles ont de leur malheur, qu'il eft bel à voir, que d'ores en là ce leur eft plus languir que vivre, & qu'elles continuent leur vie, plus pour plaindre leur aife perdu, que pour fe plaire en fervitude. Que veut dire autre chofe l'Elephant, qui s'eftant defendu jufques à n'en pouvoir plus, n'y voyant plus d'ordre, eftant fur le poinct d'eftre prins, il enfonce fes mafchoires, & caffe fes dents contre les arbres, finon que le grand defir qu'il a de demeurer libre, comme il eft nay, (9) luy fait de l'efprit, & l'advife de marchander avec les chaffeurs, fi pour le pris de fes dents il en fera quitte,

(9) *Lui donne de l'efprit, & lui fait venir la penfée de marchander avec les chaffeurs,* &c.

& s'il fera receu à bailler fon yvoire, & payer cefte rançon pour fa liberté. Nous appoftons le cheval, deflors qu'il eft nay, pour l'apprivoifir à fervir : & fi ne le favons-nous tant flatter, que quand ce vient à le domter, il ne morde le frein, qu'il ne ruë contre l'efperon, comme (ce femble) pour monftrer à la nature ; & tefmoigner au moins par là, que s'il fert, ce n'eft pas de fon gré, mais par noftre contrainte. Que faut-il donc dire ?

Mefmes les bœufs fous les pieds du joug (10) geignent,
Et les oifeaux dans la cage fe plaignent,

comme j'ay dit ailleurs, autres fois, paffant le temps à nos rimes Françoifes. Car je ne craindrois point, efcrivant à toy (ô Longa) mefler de mes vers, defquels je ne lis jamais, que pour le femblant que tu fais de t'en contenter, tu ne m'en faces glorieux. Ainfi donc puis que toutes chofes, qui ont fentiment deflors qu'elles l'ont, fentent le mal de la fubjection, & courent aprés la Liberté : Puis que les beftes, qui encores font faites pour le fervice de l'homme, ne fe peuvent accouftumer à fervir, qu'avec proteftation d'un defir contraire : quel malencontre a efté cela, qui a peu tant defnaturer l'homme, feul nay (de vray) pour vivre franchement, de luy faire perdre la fouvenance de fon premier eftre, & le defir de le reprendre ?

_____

(10) *Gemiffent.*——GEINDRE, gemere, *Nicot.*

Il y a trois fortes de Tyrans. Je parle des meſchans Princes. Les uns ont le Royaume par l'élection du peuple, les autres par la force des armes, les autres par la ſucceſſion de leur race. Ceux qui les ont acquis par le droit de la guerre, ils s'y portent ainſi qu'on conoit bien, qu'ils ſont, comme on dit, en terre de conqueſte. Ceux qui naiſſent Roys, ne ſont pas communément gueres meilleurs: ains eſtans nais & nourris dans le ſang de la Tyrannie, tirént avec le laict la nature du Tyran, & ſont eſtat des peuples qui ſont ſous eux, comme de leurs ſerfs hereditaires: & ſelon la complexion, en laquelle ils ſont plus enclins, avares, ou prodigues, tels qu'ils ſont, ils ſont du Royaume, comme de leur heritage. Celûy, à qui le peuple a donné l'Eſtat, devroit eſtre (ce me ſemble) plus ſupportable: & le ſeroit, comme je croy, n'eſtoit que deſlors qu'il ſe void eſlevé par deſſus les autres en ce lieu, flatté par je ne ſçay quoy, que l'on appelle *la grandeur*, il delibere de n'en bouger point. Communément, celuy-là fait eſtat de la puiſſance que le peuple luy a baillée, de la rendre à ſes enfans. Or deſlors que ceux-là ont prins ceſte opinion, c'eſt choſe eſtrange, de combien ils paſſent en toutes ſortes de vices, & meſmes en la cruauté, les autres tyrans. Ils ne voyent autre moyen, pour aſſeurer la nouvelle Tyrannie, que d'eſtendre fort la ſervitude, & eſtranger tant les ſujets de la Liberté, encores que la memoire en soit fresche, qu'ils la leur puissent faire perdre. Ainsi pour en dire la verité, je voy bien qu'il y a entre eux quelque difference, mais de choix je n'en voy point : & estant les moyens de venir aux regnes divers, tousjours la façon de regner est quasi semblable. Les esleus, comme s'ils avoyent prins des taureaux à domter, les traittent ainsi : les conquerans pensent en avoir droit, comme de leur proye : les successeurs, d'en faire ainsi que de leurs naturels esclaves.

Mais à propos, si d'avanture il naissoit aujourd'huy quelques gens, tous neufs, non accoustumez à la sujettion, ny affriandez à la liberté, & qu'ils ne sceussent que c'est ni de l'un ni de l'autre, ni à grand' peine des noms : si on leur presentoit, ou d'estre sujets, ou vivre en liberté, à quoi s'accorderoyent-ils ? Il ne faut pas faire difficulté, qu'ils n'aimassent trop mieux obeyr seulement à la Raison, que servir à un homme ; sinon possible que ce fussent ceux d'Israël, qui sans contrainte ny sans aucun besoin, se firent un tyran : duquel peuple je ne ly jamais l'histoire, que je n'en aye trop grand despit, quasi jusques à devenir inhumain, pour me resjouir de tant de maux qui leur en advindrent. Mais certes tous les hommes, tant qu'ils ont quelque chose d'homme, devant qu'ils se laissent assujettir, il faut l'un des deux, ou qu'ils soyent contraints, ou deceus : contraints par les armes estrangeres, comme Spartes & Athenes par les forces d'Alexandre, ou par les factions.

factions, ainsi que la Seigneurie d'Athenes estoit devant venue entre les mains de Pisistrat. Par tromperie perdent-ils souvent la Liberté : & en ce ils ne sont pas si souvent seduits par autruy comme ils sont trompez par eux mesmes. Ainsi le Peuple de Syracuse, la mais-tresse ville de Sicile (qui s'appelle adjourd'huy Sara-gosse) estant pressé par les guerres, inconsiderément ne mettant ordre qu'au danger, esleva *Denys* le pre-mier, & luy donna charge de la conduite de l'armée : & ne se donna garde, qu'elle l'eut fait si grand, que cette bonne piece-là, revenant victorieux, comme s'il n'eust pas vaincu ses ennemis, mais ses citoyens, se fit de Capitaine Roy, & de Roy Tyran. Il n'est pas croya-ble, comme le peuple, deslors qu'il est assujetty, tombe soudain en un tel & si profond oubly de la franchise, qu'il n'est pas possible qu'il s'eveille pour la r'avoir, servant si franchement, & tant volontiers, qu'on diroit à le voir, qu'il a, non pas perdu sa liberté, mais sa servitude. Il est vray, qu'au commencement l'on sert contraint, & vaincu par la force : mais ceux qui vien-nent aprés, n'ayans jamais veu la liberté, & ne sa-chans que c'est, servent sans regret, & font volontiers ce que leurs devanciers avoyent fait par contrainte. C'est cela, que les hommes naissent sous le joug, & puis nourris & eslevez dans le servage, sans regarder plus avant, se contentans de vivre, comme ils sont nais, & ne pensans point avoir d'autre droit, ny autre bien, que ce qu'ils ont trouvé, ils prennent pour leur nature l'eſtat de leur naiſſance. Et touteſfois il n'eſt point d'heritier ſi prodigue & nonchalant, qui quelque-fois ne paſſe les yeux dans ſes regiſtres, pour entendre s'il jouyt de tous les droits de ſa ſucceſſion, ou ſi l'on a rien entrepris ſur luy, ou ſon predeceſſeur. Mais certes la Couſtume, qui a en toutes choſes grand pouvoir ſur nous, n'a en aucun endroit ſi grande vertu qu'en cecy, de nous enſeigner à ſervir : & (comme l'on dit que Mithridate, (11) qui ſe fit ordinaire à boire le poiſon) pour nous apprendre à avaller, & ne trouver pas amer le venin de la ſervitude. L'on ne peut pas nier, que la nature n'ait en nous bonne part, pour nous tirer là où elle veut, & nous faire dire ou bien ou mal nais : mais ſi faut-il confeſſer, qu'elle a en nous moins de pouvoir que la couſtume : pource que le naturel, pour bon qu'il ſoit, ſe perd s'il n'eſt entretenu : & la nourriture nous fait tousjours de ſa façon, comment que ce ſoit, malgré la nature. Les ſemences de bien, que la nature met en nous, ſont ſi menuës & gliſſantes qu'elles n'endurent pas le moindre heurt de la nourriture contraire. Elles ne s'entretiennent pas plus aiſément, qu'elles s'abaſtardiſſent, ſe fondent, & viennent en rien : ne plus ne moins que les (12) fruictiers, qui ont bien tous quelque naturel à part, lequel ils gardent bien, ſi on les laiſſe venir : mais ils le laiſſent auſſi toſt, pour porter d'autres fruicts eſtrangers,

(11) *Qui ſe fit une habitude de boire du poiſon.*
(12) *Les Arbres fruitiers.*

3

& non les leurs felon qu'on les ente. Les herbes ont chafcune leur proprieté, leur naturel & fingularité : mais toutefois le gel, le temps, le terrouer ou la main du Jardinier, ou adjouftent, ou diminuent beaucoup de leur vertu. La plante qu'on a veuë en un endroit, on eft ailleurs empefché de la reconnoiftre. Qui verroit les *Venetiens*, une poignée de gens, vivans fi librement, que le plus mefchant d'entre eux ne voudroit pas eftre Roy, & tout ainfi nais & nourris, qu'ils ne connoiffent point d'autre ambition, finon à qui mieux advifera à foigneufement entretenir leur Liberté : ainfi apprins & faits dans le berceau, ils ne prendroyent point tout le refte des felicitez de la terre, pour perdre le moindre point de leur franchife. Qui aura veu, dy-je, ces perfonnages-là, & au partir de là s'en ira aux terres de celuy, que nous appellons le Grand Seigneur, voyant là des gens, qui ne peuvent eftre nais, que pour le fervir, & qui pour le maintenir abandonnent leur vie : Penferoit-il que les autres & ceux-là euffent mefme naturel, ou pluftoft s'il n'eftimeroit pas, que fortant d'une cité d'hommes, il eft entré dans un parc de Beftes ? Licurgue le policeur de Sparte, ayant nourry (ce dit-on) deux chiens tous deux freres, tous deux allaictez de mefme laict, (13) l'un engraiffé à la cuifine, l'autre accouftumé par les champs au fon de la

I 2

(13) Ceci eft pris d'un Traité de *Plutarque*, intitulé, *Comment il faut nourrir les Enfans*, ch. 2. de la Traduction d'*Amyot*.

DISCOURS DE LA BOETIE,

trompe & (14) du huchet : voulant monftrer au peuple Lacedemonien, que les hommes font tels, que leur nourriture les' fait, mit les deux chiens en plein marché, & entre eux' une fouppe & un lievre : l'un courut au plat, & l'autre au lievre. Toutefois (ce dit-il) fi font-ils freres. Doncques celuy-là avec fes Loix & fa Police nourrit & fit fi bien les Lacedemoniens, que chafcun d'eux euft eu plus cher de mourir de mille morts, que de reconoiftre autre Seigneur que la Loy & le Roy.

Je pren plaifir de ramentevoir un propos, que tindrent jadis les Favoris de Xerxes, le grand Roy de Perfe, touchant les Spartiates. Quand Xerxes faifoit fes appareils de grande armée, pour conquerir la Grece, il envoya fes Ambaffadeurs par les Citez Gregeoifes, demander de l'eau & de la terre (c'eftoit la façon que les Perfes avoyent de fommer les Villes) A Sparte ny à Athenes n'envoya-il point : pource que de ceux que (15) Daire fon pere y avoit envoyez, pour faire pareille demande, (16) les Spartiates & les Atheniens en avoyent jetté les uns dans les foffez, les autres ils avoient fait fauter dedans un puits, leur difans, qu'ils prinffent là hardiment de l'eau & de la terre,

---

(14) Du Cor. *Huchet*, dit Nicot, *c'eft un Cornet dont on buche*, ou appelle *les Chiens,—·—& dont les Poftillons ufent ordinairement.*

(15) Ou, comme nous difons aujourd'hui, *Darius*, Roi des Perfes, fils d'*Hyftafpe*, le prémier de ce nom.

(16) *Herodote*, Liv. VII. pag. 421, 422, Edit. *Gronov.*

pour porter à leur Prince. Ces gens ne pouvoyent souffrir, que de la moindre parole seulement on touchast à leur liberté. Pour en avoir ainsi usé, les Spartiates conurent qu'ils avoyent encouru la haine des Dieux mesmes, specialement de Talthybie Dieu des herauts. Ils s'adviserent d'envoyer à Xerxes, pour les appaiser, deux de leurs Citoyens, pour se presenter à luy qu'il fit d'eux à sa guise, & se payast de là pour les Ambassadeurs qu'ils avoient tuez à son pere. Deux Spartiates, l'un nommé (17) Specte, l'autre (18) Bulis, s'offrirent de leur gré pour aller faire ce payement. Ils y allerent, & en chemin ils arriverent au Palais d'un Perse, que on appelloit (19) Gidarne, qui estoit Lieutenant du Roy en toutes les Villes d'Asie, qui sont sur la coste de la mer. Il les recueillit fort honorablement. Et apres plusieurs propos, tombans de l'un en l'autre, il leur demanda, pourquoy ils refusoyent tant l'amitié du Roy. (20) *Croyez* (dit-il) *Spartiates, & conoissez*

---

(17) Ou plûtôt, *Sperthies*, Σπερθίης, comme le nomme Herodote, L. VII. p. 421.

(18) Βῶλις, *ibid.*

(19) Ou plûtôt *Hydarnés*, Ὑδάρνης, *ibid.*

(20) Ξεινίζων δὲ, εἴρετο τάδε, Ἄνδρες Λακεδαιμόνιοι, τί δὴ φεύγετε βασιλῆϊ φίλοι γενέσθαι ; ὁρᾶτε γὰρ ὡς ἐπίσταται βασιλεὺς ἄνδρας ἀγαθοὺς τιμᾶν, ἐς ἐμέ τε ϰ τὰ ἐμά πρήγματα ἀποβλέποντες. οὕτω δὴ ϰ ὑμεῖς εἰ δοῖτε ὑμέας αὐτὰς βασιλεῖ, (δεδόξασθε γὰρ πρὸς αὐτῷ ἄνδρες εἶναι ἀγαθοὶ) ἕκαστος ἂν ὑμέων ἄρχοι γῆς Ἑλλάδος, δόντος βασιλῆος. Πρὸς ταῦτα ὑπεκρόναιτο τάδε, Ὑδαρνες, οὐκ ἐξ ἴσου γίνεται ἡ συμβωλίη ἡ ἐς ἡμέας τείνωσα. Τοῦ μὲν γὰρ πεπειρημένος συμβωλεύεις, τοῦ δὲ ἀπείρος ἐών. τὸ μὲν γὰρ δοῦλος εἶναι ἐξεπίστεαι, ἐλευθερίης δὲ οὔκω ἐπειρήθης, οὔτ᾽ εἰ ἔστι γλυκὺ, οὔτ᾽ εἰ μή. εἰ γὰρ αὐτῆς πειρήσαιο, οὐκ ἂν δόρασι συμβωλεύοις ἡμῖν περὶ αὐτῆς μάχεσθαι, ἀλλὰ ϰ πελέκεσι. *Herodot.* L. VII. p. 422.

par moy, comment le Roy fçait honorer ceux qui le va-
lent, & penfez que fi vous eftiez à luy, il vous feroit
de mefme. Si vous eftiez à luy, & qu'il vous euft
conus, il n'y a celuy d'entre vous, qui ne fuft Seigneur
d'une Ville de Grece. „ En cecy, Gidarne, tu ne
„ nous fçaurois donner bon confeil (dirent les Lacede-
„ moniens) pource que le bien que tu nous promets, tu
„ l'as effayé, mais celuy dont nous jouyffons, tu ne
„ fçais que c'eft : tu as efprouvé la faveur du Roy,
„ mais la Liberté, quel gouft elle a, combien elle eft
„ douce, tu n'en fçais rien. Or fi tu en avois tafté
„ toymefme, tu nous confeillerois de la defendre, non
„ pas avec le lance & l'efcu, mais avec les dents & les
„ ongles. „ Le feul Spartiate difoit ce qu'il faloit dire :
mais certes l'un & l'autre difoyent, comme ils avoyent
efté nourris. Car il ne fe pouvoit faire que le Perfe
euft regret à la liberté, ne l'ayant jamais euë, ny que
le Lacedemonien enduraft la fubjection, ayant goufté
la franchife.

(21) Caton l'Utican, eftant encores enfant & fous
la verge, alloit & venoit fouvent chez Sylla le Dicta-
teur, tant pource qu'à raifon du lieu & maifon, dont
il eftoit, on ne luy fermoit jamais les portes, qu'auffi
ils eftoyent proches parens. Il avoit tousjours fon
maiftre quand il y alloit, comme avoyent accouftumé
les enfans de bonne part. Il s'apperceut que dans

(21) Ou, comme nous parlons aujourd'hui, *Caton d'Utique.*

DE LA SERVITUDE VOLONTAIRE.

l'hoſtel de Sylla, en ſa preſence, ou par ſon commande-
ment, on empriſonnoit les uns, on condamnoit les autres, l'un eſtoit banny, l'autre eſtranglé, l'un deman-
doit (22) le confiſq d'un Citoyen, & l'autre la teſte.
En ſomme, tout y alloit, non comme chez un Officier
de la Ville, mais comme chez un Tyran du Peuple,
& c'eſtoit non pas un parquet de Juſtice, mais une ca-
verne de Tyrannie. Ce noble enfant (23) dit à ſon
maiſtre : *Que ne me donnez-vous un poignard ? Je le
cacheray ſous ma robbe. J'entre ſouvent dans la chambre de Sylla, avant qu'il ſoit levé. J'ai le bras aſſez
fort pour en depeſcher la Ville.* Voyla vrayement une
parole apartenante à Caton. C'eſtoit un commencement de ce perſonnage, digne de ſa mort. Et neantmoins qu'on ne die ne ſon nom ne ſon pays, qu'on
conte ſeulement le fait tel qu'il eſt, la choſe meſme
parlera, & jugera-on à belle avanture, qu'il eſtoit Romain, & nay dedans Rome, mais dans la vraye Rome,
& lors qu'elle eſtoit libre. A quel propos tout cecy ?
Non pas certes que j'eſtime que le pays & le terrouer
parfacent rien. Car en toutes contrées, en tout air,
eſt contraire la ſubjection, & plaiſant d'eſtre libre.

Mais parce que je ſuis d'avis, qu'on ait pitié de
ceux qui en naiſſant ſe ſont trouvez le joug au col, &

(22) La confiſcation. *Cotgrave*, dans ſon Dictionaire François &
Anglois.
(23) Plutarque dans la Vie de Caton d'Utique, ch. I. de la Traduction
d'*Amyot*.

que ou bien on les excufe, ou bien qu'on leur pardonne, fi n'ayans jamais veu feulement l'ombre de la Liberté, & n'en eftans point advertis, ils ne s'apperçoivent point du mal que ce leur eft d'eftre efclaves. S'il y a quelques pays (comme dit Homere des Cimmeriens) où le Soleil fe monftre autrement qu'à nous, & aprés leur avoir efclairé fix mois continuels, il les laiffe fommeillans dans l'obfcurité, fans les venir revoir de l'autre demie année : ceux qui naiftroyent pendant cefte longue nuiçt, s'ils n'avoient ouy parler de la clarté, s'esbahiroit-on, fi n'ayans point veu de jour, ils s'accouftumoyent aux tenebres, où ils font nais, fans defirer la lumiere ? On ne plaint jamais ce qu'on n'a jamais eu, & le regret ne vient point, finon aprés le plaifir ; & tousjours eft avec la cognoiffance du bien, le fouvenir de la joye paffée. Le naturel de l'homme eft bien d'eftre franc, & de le vouloir eftre ; mais auffi fa nature eft telle, que naturellement il tient le ply, que la nourriture luy donne.

Difons donc, Ainfi qu'à l'homme toutes chofes luy font naturelles, à quoy il fe nourrit & acouftume, mais feulement ce luy eft naïf, à quoy fa nature fimple, & non alterée l'appelle : ainfi la premiere raifon de la fervitude volontaire, c'eft la couftume, comme des plus braves (24) courtaux, qui au commencement mordent

(24) Chevaux.—COURTAULT *eft un Cheval qui a crin & oreilles coupées,* dit Nicot. Voyez le Dictionaire de l'Academie Françoife au mot *Courtaud.*

le

le frein, & puis apres s'en jouent: & là où nagueres
ils † rouyent contre la felle, ils fe portent maintenant
dans le harnois, & tous fiers (25) fe gorgiafent fous la
barde. Ils difent qu'ils ont efté tousjours fujets, que
leurs peres ont ainfi vefcu. Ils penfent qu'ils font tenus
d'endurer le mors, & le fe font acroire par exemples:
& fondent eux-mefmes fur la longueur, la poffeffion
de ceux qui les tyrannifent. Mais pour vray les ans ne
donnent jamais droit de malfaire, ains aggrandiffent
l'injure. Tousjours en demeure-il quelques uns mieux
naïs que les autres, qui fentent le poids du joug, (26)
& ne peuvent tenir de le crouller, qui ne s'apprivoifent
jamais de la fubjection, & qui tousjours, comme Ulyffe
qui par mèr & par terre cherchoit de voir la fumée de
fa cafe, ne fe fçavent garder (27) d'advifer à leurs naturels privileges, & de fe fouvenir des predeceffeurs, &
de leur premier eftre. Ce font volontiers ceux-là, qui
ayans l'entendement net, & l'efprit clair-voyant, ne fe
contentent pas, comme (28) le gros populas, de regar-

† *Regimbant.*

(25) *Se gorgiafer,* qui n'eft plus en ufage, fignifie la même chofe que
fe panader, dont on fe fert en parlant d'une perfonne bien mife qui mar-
che avec fafte comme un paon qui fait la roue.——*Gorgiafeté,* dit Nicot,
eft cointife & propreté en habits.

(26) Et ne peuvent s'empêcher de le *fecouër.*——*Crouler,* ou *Crofler,*
quatere, *Nicot.* Ce mot ne'ft plus en ufage dans un fens actif.

(27) *De reflechir fur leurs privileges naturels.* *

(28) La vile populace. *Populas,* terme de mepris, qui femble encherir fur celui de *populace,* pourroit bien avoir été forgé dans le Païs de
l'Auteur de ce Difcours; & peut-être n'en eft-il jamais forti. Je ne l'ai
pas trouvé du moins dans aucun de nos vieux Dictionaires.

K

der ce qui eſt devant leurs pieds, s'ils n'adviſent & der-
riere & devant, & ne rameinent encores les choſes paſſées, pour juger de celles du temps advenir, & pour
meſurer les preſentes. Ce ſont ceux, qui ayans la teſte
d'eux-meſmes bien faite, l'ont encores polie par l'eſtude
& le ſavoir. Ceux-là, quand la Liberté ſeroit entierement perdue, & toute hors du monde, l'imaginant &
la ſentant en leur eſprit, & encores la ſavourant, la ſervitude ne leur eſt jamais de gouſt, pour ſi bien qu'on
l'acouſtre.

Le grand Turc s'eſt bien adviſé de cela, que les livres & la doctrine donnent plus que toute autre choſe,
aux hommes, le ſens de ſe reconnoiſtre & de hayr la
Tyrannie. J'entends qu'il n'a en ſes terres gueres de
plus ſçavans qu'il n'en demande. Or communément
le bon zele & affection de ceux qui ont gardé malgré
le temps la devotion à la Franchiſe, pour ſi grand nombre qu'il y en ait, en demeure ſans effect pour ne s'en-
treconoiſtre point. La Liberté leur eſt toute oſtée ſous
le Tyran, de faire & de parler, & quaſi de penſer. Ils
demeurent tous ſinguliers en leurs fantaſies. Et pourtant Momus ne ſe mocqua par trop, quand il trouva
cela à redire en l'homme que Vulcan avoit fait, dequoy
il ne luy avoit mis une petite feneſtre au cœur, afin
que par là l'on peuſt voir ſes penſées. L'on a voulu
dire que (29) Brute & Caſſe, lors qu'ils firent l'entre-

(29) *Brutus & Caſſius*, comme on parle aujourd'hui.

prife de la delivrance de Rome, ou plus toft de tout le monde, ne voulurent point que Ciceron ce grand zelateur du bien public, s'il en fut jamais, fuft de la partie, & eftimerent fon cœur trop foible pour un fait fi haut. Ils fe fioyent bien de fa volonté, mais ils ne s'affeuroyent point de fon courage. Et toutesfois qui voudra difcourir les faits du temps paffé, & les Annales anciennes, il s'en trouvera peu, ou point, de ceux, qui voyans leur pays mal mené, & en mauvaifes mains, ayans entreprins d'une bonne intention de le delivrer, qu'ils n'en foyent venus à bout, & que la Liberté, pour fe faire apparoiftre, ne fe foit elle-mefme fait efpaule. (30) *Harmode*, Ariftogiton, Thrafybule, Brute le vieux, Valere & Dion, comme ils ont vertueufement penfé, l'executerent heureufement. En tel cas quafi jamais à bon vouloir ne defaut la fortune. Brute le jeune & Caffe ofterent bien heureufement la fervitude, mais en ramenant la Liberté, ils moururent, non pas miferablement. Car quel blafme feroit-ce de dire, qu'il y ait rien eu de miferable en ces gens-là, ny en leur mort, ny en leur vie? Mais certes au grand dommage & perpetuel malheur, & entiere ruine de la Republique: laquelle certes fut, comme il me femble, enterrée avec eux. Les autres entreprinfes, qui ont efté faites depuis contre les autres Empereurs Romains, n'eftoyent que des conjurations de gens ambitieux, lefquels ne font pas à plain-

(30) *Harmodius.*

dre des inconvenients qui leur sont advenus: estant bel
à voir, qu'ils desiroyent, non pas d'oster, mais de rui-
ner la Couronne, pretendans chasser le Tyran, & rete-
nir la Tyrannie. A ceux-là je ne voudroy pas mesme
qu'il leur en fust bien succedé: & suis content qu'ils
ayent monstré par leur exemple, qu'il ne faut pas abu-
ser du sainct nom de la Liberté, pour faire mauvaise
entreprise.

Mais pour revenir à mon propos, lequel j'avois quasi
perdu, la premiere raison pourquoy les hommes servent
volontieres, est, ce qu'ils naissent serfs, & sont nourris
tels. De ceste-cy en vient une autre, que aisément les
gens deviennent, sous les Tyrans, lasches & effeminez:
dont je say merveilleusement bon gré à *Hippocrates*, le
grand pere de la Medecine, qui s'en est prins garde, &
l'a ainsi dit en l'un de ses livres, qu'il intitule *Des ma-*
lades (31). Ce personnage avoit certes le cœur en bon
lieu, & le monstra bien alors que le grand Roy le voulut attirer près de luy à force d'offres & grands presens;

(31) Ce n'est point dans celui *Des Maladies*, que nous cite ici *La Boë-*
tie, mais dans un autre, intitulé περὶ ἀέρων, ὑδάτων, τόπων: Où Hippocrate
dit §. 41. Ὁμόσοι——ἐν τῇ Ἀσίῃ ἕλληνες, ἢ βάρβαροι μὴ δεσπόζονται, ἀλλ' αὐ-
τόνομοί εἰσι,——ὅτοι μαχιμώτατοί εἰσι πάντων. & §. 54. Ὅκα βασιλεύονται, ἐμεῖ
ἀνάγκη δειλοτάτας εἶναι: C'est-à-dire, *Que les plus belliqueux des Peuples d'Asie,*
Grecs ou Barbares, sont ceux qui n'étant pas gouvernez despotiquement, vi-
vent sous les Loix qu'ils s'imposent à eux-mesmes, & qu'où les hommes vivent
fous des Rois absolus, ils font nécessairement fort timides. On trouve les
mêmes pensées, plus particulierement détaillées dans le paragraphe 40. du
même Ouvrage.

& luy refpondit franchement, (32) qu'il feroit grand'
confcience de fe mefler de guerir les Barbares, qui vouloyent tuer les Grecs, & de rien fervir par fon art à luy
qui entreprenoit d'affervir la Grece. La Lettre qu'il
luy envoya, fe void encores aujourd'huy parmy fes autres Oeuvres, & tefmoignera pour jamais de fon bon
cœur, & de fa noble nature. Or il eft donc certain,
qu'avec la Liberté tout à un coup fe perd la vaillance.
Les gents fujets n'ont point d'allegreffe au combat, ny
d'afpreté. Ils vont au danger comme attachez, & tous
engourdis, & par maniere d'acquit: & ne fentent point
bouillir dans le cœur, l'ardeur de la franchife, qui fait
mefprifer le peril, & donne envie de acheter par une
belle mort, entre fes compagnons l'honneur de la gloire.
Entre les gens libres, c'eft à l'envy, à qui mieux mieux,
chafcun pour le bien commun, chafcun pour foy : là

(32) Une maladie peftilentielle s'étant repanduë dans les Armées d'*Ar-*
taxerxe Roi de Perfe, ce Prince confeillé de recourir dans cette occafion
à l'affiftance d'Hippocrate, écrivit à *Hyftanes* Gouverneur de l'Hellefpont
pour le charger d'attirer Hippocrate à la Cour de Perfe en lui offrant tout
autant d'or qu'il voudroit, & en l'affurant de la part du Roi qu'il iroit de
pair avec les plus grands Seigneurs de Perfe, ἔσεσθαι Περσέων τοῖς ἀρίστοις
ἰσότιμον. Hyftanes executa ponctuellement cet ordre: mais Hippocrate
lui répondit auffi-tôt, qu'il étoit fuffifamment pourvu de toutes les chofes
neceffaires à la vie, & qu'il ne lui étoit pas permis de joüir des richeffes des
Perfes, ni d'employer fon art à guerir des Barbares, qui étoient ennemis
des Grecs: Περσέων δὲ ὄλβα ὅ μοι θέμις ἐπαίρασθαι· ἀδὲ βαρβάρας ἄνδρας νόσων
παύειν, ἐχθρὸς ὑπάρχοντας Ἑλλήνων. La Lettre d'Artaxerxe à Hyftanes, celle
d'Hyftanes à Hippocrate, & la Réponfe d'Hippocrate, d'où font tirées
toutes les particularitez qui compofent cet article, fe trouvent à la fin des
Oeuvres d'Hippocrate.

DISCOURS DE LA BOETIE,

où ils s'attendent d'avoir toute leur part au mal de la desfaite, ou au bien de la victoire. Mais les gens affujettis, outre ce courage guerrier, ils perdent encores en toutes autres chofes la vivacité, & ont le cœur bas & mol, & font incapables de toutes chofes grandes. Les Tyrans conoiffent bien cela : & voyans que ils prennent ce ply, (33) pour les faire mieux avachir encores leur y aident-ils.

Xenophon, Hiftorien grave, & du premier rang entre les Grecs, a fait (34) un Livret, auquel il fait parler *Simonide* avec *Hieron*, le Roy de Syracufe, des miferes du Tyran. Ce Livre eft plein de bonnes et graves remonftrances, et qui ont auffi bonne grace, à mon advis, qu'il eft poffible. Que pleuft à Dieu, que tous les Tyrans, qui ont jamais efté, l'euffent mis devant les yeux, et s'en fuffent fervis de mirouer. Je ne puis pas croire, qu'ils n'euffent reconu leurs verruës, et eu quelque honte de leurs taches. En ce Traité il conte la peine, en quoy font les Tyrans qui font contraints, faifans mal à tous, fe craindre de tous. Entre autres chofes il dit cela, que les mauvais Roys fe fervent d'eftrangers à la guerre, et les foudoyent, ne s'ofans fier de mettre, à leurs gens (aufquels ils ont fait tort) les

(33) *Pour faire qu'ils deviennent plus foibles & plus lâches.*——*Avachir,* devenir lafche comme une vache, *frangi viribus ac debilitari:* Nicot.

(34) Intitulé, Ἱέρων ἢ Τυραννικὸς, HIERON, ou *Portrait de la condition des Rois.*

atmes en la main. Il y a eu de bons Roys qui ont bien
eu à leur folde des Nations eftranges, comme des François mefmes, et plus encores d'autres fois qu'aujour-
d'huy, mais à une autre intention, pour garder les leurs,
n'eftimans rien de dommage de l'argent pour efpargner
les hommes. C'eft ce que difoit Scipion (ce croy-je,
le grand Afriquain) qu'il aimeroit mieux avoir fauvé
la vie à un Citoyen, que desfait cent ennemis. Mais
certes cela eft bien affeuré, que le Tyran ne penfe jamais que fa puiffance luy foit affeurée, finon quand il
eft venu à ce poinct, qu'il n'a fous luy homme qui
vaille. Donques à bon droit luy dira-on cela, que
Thrafon en Terence fe vante avoir reproché au maiftre
des Elephans,

    [b] Pour cela fi brave vous eftes,
      Que vous avez charge des beftes.

Mais cefte rufe des Tyrans d'abeftir leurs Sujets ne fe
peut conoiftre plus clairement, que par ce que Cyrus
fit aux Lydiens, apres qu'il fe fut emparé de Sardes, la
maiftreffe ville de Lydie, & qu'il eut prins à mercy
Crefus, ce tant riche Roy, & l'eut emmené captif quant
& foy. On luy apporta les nouvelles, que les Sardins
s'eftoyent revoltez. Ils les euft bien-toft reduits fous
fa main. Mais ne voulant pas mettre à fac une tant
belle ville, ny eftre tousjours en peine d'y tenir une

  [b] Eone es ferox, quia habes imperium in belluas?
              TER. *Eunuch.* Act. III. Sc 1. vf. 25

armée pour la garder, il s'advisa d'un grand expedient
pour s'en asseurer.   Il y establit des bordeaux, (35) des
tavernes & jeux publics, & fit publier ceste Ordonnance,
que les habitans eussent à en faire estat.   Il se trouva
si bien de ceste garnison, qu'il ne luy falut jamais depuis tirer un coup d'espée contre les Lydiens.   Ces pauvres gens miserables s'amuserent à inventer toutes sortes
de jeux, si bien que les Latins ont tiré leur mots, & ce
que nous appellons *Passe-temps*, ils l'appellent *LVDI*,
comme s'ils vouloyent dire *Lydi*.   Tous les Tyrans
n'ont pas ainsi declaré si expres, qu'ils voulussent effe-
miner leurs hommes: mais pour vray ce que celuy-là
ordonna formellement, & en effect, sous main ils l'ont
pourchassé la pluspart.   A la verité c'est le naturel du
menu populaire, duquel le nombre est tousjours plus
grand dans les Villes.   Il est soufpçonneux à l'endroit
de celui qui l'aime, & simple envers celuy qui le trompe.   Ne pensez pas qu'il ayt nul oiseau, qui se prenne
mieux à la pipée, ni poisson aucun, qui pour la frian-
dise s'accroche plustost (36) dans le haim, que tous les
peuples s'allechent vistement à la servitude pour la moindre plume, qu'on leur passe (comme on dit) devant la
bouche.   Et est chose merveilleuse, qu'ils se laissent
aller ainsi tost, (37) mais seulement qu'on les chatouille.

---

(35) *Herodote*, L. I. p. 63. Edit. *Gronov.*
(36) *A l'hameçon.   Haim,* de *hams,* dit *Nicot,* s'appelle aussi *hamesson,*
Présentement *hameçon* est seul en usage.
(37) *Pourvu seulement qu'on les chatouille.*

                                          Les

Les theatres, les jeux, les farces, les spectacles, les gla-
diateurs, les bestes estranges, les medailles, les tableaux,
& autres telles drogueries, estoyent aux peuples anciens
les appasts de la servitude, le prix de leur liberté, les
outils de la Tyrannie. Ce moyen, ceste pratique, ces al-
lechemens avoyent les anciens Sujets sous le joug. Ainsi
les peuples (38) assottis, trouvans beaux ces passe-temps,
amusez d'un vain plaisir, qui leur passoit devant les
yeux, s'accoustumoyent à servir aussi niaisement, mais
plus mal, que les petits enfans, qui pour voir les luisans
images de Livres illuminez, apprennent à lire. Les Romains Tyrans s'adviserent encores d'un autre poinct, de
festoyer souvent les dizaines publiques, abusant ceste
canaille (comme il falloit) qui se laisse aller, plus qu'à
toute chose, au plaisir de la bouche. Le plus entendu
de tous n'eust pas quitté son escuelle de soupe, pour
recouvrer la liberté de la Republique de Platon. Les
Tyrans faisoyent largesse du quart de bled, du sextier
de vin, du sesterce: & lors c'estoit pitié d'ouyr crier,
Vive le Roy. Les lourdauts n'advisoyent pas, qu'ils ne
faisoyent que recouvrer une partie du leur, & que cela
mesme qu'ils recouvroyent, le Tyran ne leur eust peu
donner, si devant il ne l'avoit osté à eux-mesmes. Tel
eust amassé aujourd'huy le sesterce, tel se fust gorgé au
festin public, en benissant Tibere & Neron de leur belle
liberalité, qui le lendemain estant contrainct d'aban-

(38) Devenus sots. *Assotir*, stolidum vel insanum fieri: *Nicot*.

L

DISCOURS DE LA BOÉTIE,

donner ſes biens à l'avarice, ſes enfans à la luxure, ſon ſang meſmes à la cruauté de ces magnifiques Empereurs, ne diſoit mot, non plus qu'une pierre, & ne ſe remuoit non plus qu'une ſouche. Touſjours le populas a eu cela. Il eſt au plaiſir, qu'il ne peut honneſtement recevoir, tout ouvert & diſſolu, & au tort &' à la-douleur, qu'il ne peut honneſtement ſouffrir, inſenſible. Je ne voy pas maintenant perſonne, qui oyant parler de *Neron,* ne tremble meſme au ſurnom de ce vilain monſtre, de ceſte orde & ſalle beſte. On peut bien dire qu'apres ſa mort auſſi vilaine que ſa vie, le noble Peuple Romain (39) en receut tel deſplaiſir (ſe ſouvenant de ſes jeux & feſtins) qu'il fut ſur le point d'en porter le dueil. Ainſi l'a eſcrit *Corneille Tacite* Autheur bon, & grave des plus, & certes croyable. Ce qu'on ne trouvera pas eſtrange, ſi l'on conſidere, ce que ce peuplelà meſme avoit fait à la mort de Jules Ceſar, qui donna congé aux Loix & à la Liberté. Auquel perſonnage ils n'y ont (ce me ſemble) trouvé rien qui valuſt que ſon humanité: laquelle, quoy qu'on la preſchaſt tant, fut plus dommageable, que la plus grande cruauté du plus ſauvage Tyran qui fuſt oncques. Pource que à la verité ce fut ceſte venimeuſe douceur, qui envers le Peuple Romain ſucra la ſervitude. Mais aprés ſa mort, ce Peuple-là, qui avoit encores à la bouche ſes ban-

---

(39) *Plebs ſordida & circo ac theatris ſueta, ſimul deterrimi ſervorum, aut qui adeſis bonis, per dedecus Neronis alebantur, mœſti.* Tacit. *Hiſt.* L. I. ab initio.

quets, en l'esprit la souvenance de ses prodigalitez, pour
luy faire ses honneurs & le mettre en cendres, (40) a-
monceloit à l'envy les bancs de la place, & puis (41)
esleva une Coulonne, comme au Pere du Peuple (ainsi
portoit le chapiteau) & luy fit plus d'honneur, tout
mort qu'il estoit, qu'il n'en devoit faire à homme du
monde: si ce n'estoit possible à ceux qui l'avoyent tué.
Ils n'oublierent pas cela aussi les Empereurs Romains,
de prendre communement le titre de *Tribun du Peuple*,
tant pource que cest office estoit tenu pour sainct & sa-
cré; que aussi qu'il estoit estably pour la defence &
protection du peuple, & sous la faveur de l'Estat. Par
ce moyen ils s'asseuroyent, que ce Peuple se fieroit plus
d'eux, comme s'ils devoyent encourir le nom, & non
pas sentir les effects.

Au contraire aujourd'huy ne font pas beaucoup
mieux ceux qui ne font mal aucun, mesmes de con-
sequence, qu'ils ne facent passer devant quelque joly
propos du bien commun & soulagement public. Car
vous sçavez bien (ô Longa) le formulaire, duquel en
quelques endroits ils pourroyent user assez finement.
Mais en la pluspart certes il n'y peut avoir assez de finesse, là où il y a tant d'impudence. Les Roys d'As-
syrie, & encores aprés eux ceux de Mede, ne se pre-

---

(40) *Suetone* dans la Vie de Jule Cesar, §. 84.
(41) *Posteà solidam columnam prope viginti pedum lapidis Numidici in
foro statuit, scripsitque*, PARENTI PATRIÆ. Sueton. ibid. §. 85.

fentoyent en public, que le plus tard qu'ils pouvoyent,
pour mettre en doute ce populas, s'ils eftoyent en quelque chofe plus qu'hommes, & laiffer en cefte refverie
les gens, qui font volontiers les imaginatifs, aux chofes
dequoy ils ne peuvent juger de veue. Ainfi tant de
Nations, qui furent affez long temps fous ceft Empire
Affyrien, avec ce myftere s'accouftumerent à fervir, &
fervoyent plus volontiers, pour ne fçavoir quel maiftre
ils avoient, ny à grand' peine s'ils en avoyent: & craig-
noyent tous à credit un que perfonne n'avoit veu.   Les
premiers Roys d'Egypte ne fe monftroyent gueres, qu'ils
ne portaffent tantoft une branche, tantoft du feu fur la
tefte, & fe mafquoyent ainfi, & faifoyent les bafteleurs:
& en ce faifant, par l'eftrangeté de la chofe, ils don-
noyent à leurs Sujets quelque reverence & admiration :
où aux gens, qui n'euffent efté ou trop fots, ou trop
affervis, ils n'euffent apprefté (ce m'eft advis) finon paf-
fetemps & rifée.   C'eft pitié d'ouyr parler, de combien
de chofes les Tyrans du temps paffé faifoyent leur pro-
fit, pour fonder leur Tyrannie: de combien de petits
moyens ils fe fervoyent grandement, ayans trouvé ce
populas fait à leur pofte : auquel ils ne favoyent tendre
filé, qu'ils ne s'y vinffent prendre, duquel ils ont eu
tousjours fi bon marché de tromper, qu'ils ne l'affujet-
tiffoyent jamais tant, que lors qu'ils s'en mocquoyent
le plus.

Que di ay-je d'une autre belle bourde, que les peuples anciens priudrent pour argent comptant? Ils creurent fermement, (42) que le gros doigt d'un pied de Pyrrhus, Roy des Epirotes, faifoit miracles, & guariffoit les malades de la rate. Ils enrichirent encores mieux le conte, que ce doigt, après qu'on eut bruflé tout le corps mort, s'eftoit trouvè entre les cendres, s'eftant fauvé maugré le feu. Tousjours ainfi le peuple s'eft fait luy mefmes les menfonges, pour puis aprés les croire. Prou de gens l'ont ainfi efcrit, mais de façon, qu'il eft bel à voir, qu'ils ont amaffé cela des bruits des Villes, & du vilain parler du populaire. Vefpafian revenant d'Affyrie, & paffant par Alexandrie pour aller à Rome s'emparer de l'Empire, fit merveilles. (43) Il redreffoit les boiteux, il rendoit clair-voyans les aveugles: & tout pleins d'autres belles chofes, aufquelles qui ne pouvoit voir la faute qu'il y avoit, il eftoit (à mon advis) plus aveugle, que ceux qu'il gueriffoit. Les Tyrans mefmes trouvoyent fort eftrange, que les hommes peuffent endurer un homme leur faifant mal. Ils vouloyent fort fe mettre la religion devant pour garde-corps, & s'il eftoit poffible, empruntoyent quelque efchantillon de divinité, pour le fouftien de leur mefchante vie. Doncques *Salmonée*, fi l'on croit à la Sibille de Virgile, & fon enfer, pour s'eftre ainfi mocqué des gens, & avoir voulu faire du Jupi-

---

(42) Tout ce qu'on dit ici de Pyrrhus, eft rapporté dans fa Vie par Plutarque ch. 2. de la Traduction d'*Amyot*.

(43) *Suetone*, dans la Vie de Vefpafien, §. 7.

DISCOURS DE LA BOETIE,

ter, en rend maintenant compte où elle le vid en l'ar-
riere-enfer,

[c] Souffrant cruels tourmens, pour vouloir imiter
Les tonnerres du Ciel, & feux de Jupiter.
Deſſus quatre courſiers il s'en alloit branlant
(Haut monté) dans ſon poing un grand flambeau
      brulant
Par les peuples Gregeois, & dans le plein marché
En faiſant ſa bravade: mais il entreprenoit
Sur l'honneur qui ſans plus, aux Dieux appartenoit.
L'inſenſé, qui l'orage & foudre inimitable
Contrefaiſoit (d'airain, & d'un cours effroyable
De chevaux corne-pieds) du Pere tout puiſſant:
Lequel, bien toſt après, ce grand mal puniſſant,
Lança, non un flambeau, non pas une lumiere
D'une torche de cire, avecques ſa fumiere,
Mais par le rude coup d'une horrible tempeſte,
Il le porta là bas, les pieds par deſſus teſte.

[c] C'eſt une traduction fade & groſſiere de ces beaux vers Latins:

> Vidi & crudeles dantem Salmonea pœnas.
> Dum flammas Jovis, & ſonitus imitatur Olympi.
> Quattuor hic invectus equis, & lampada quaſſans,
> Per Graium populos, mediæque per Elidis urbem
> Ibat ovans, Divûmque poſcebat honorem:
> Demens! qui nimbos & non imitabile fulmen
> Ære, & cornipedum curſu ſimularat equorum.
> At Pater omnipotens denſa inter nubila telum
> Contorſit (non ille faces, nec fumea tedis
> Lumina) præcipitemque immani turbine adegit.
>   Virg. Æneid. L. VI. vſ. 585, &c.

DE LA SERVITUDE VOLONTAIRE.

Si celuy, qui ne faifoit que le fot, eſt à ceſte heure fi bien traitté là-bas, je croy que ceux qui ont abuſé de la Religion pour eſtre meſchans, s'y trouveront encores à meilleurs enſeignes.

Les noſtres femerent en France je ne ſçay quoy de tel, des *crapauts*, des *fleurs de liz*, l'*Ampoule*, l'*Ori-flan*. Ce que (44) de ma part, comment qu'il en foit je ne veux pas encores meſcroire, puis que nous & nos anceſtres n'avons eu aucune occaſion de l'avoir meſcru, ayans tousjours des Roys fi bons en la paix, fi vaillans

---

(44) Par tout ce que *La Boëtie* nous dit ici des *Fleurs de Liz*, de l'*Am-poule*, & de l'*Oriflan*, il eſt aifé de deviner ce qu'il penſe veritablement des choſes merveilleuſes qu'on en conte. Et le bon *Paſquier* n'en jugeoit point autrement que La Boëtie. *Il y a en chaque Republique* (nous dit-il dans fes Recherches de la France, Liv. VIII. c. 21.) *pluſieurs hiſtoires que l'on tire d'une longue ancienneté, ſans que le plus du temps l'on en puiſſe fonder la vraye origine, & toutefois on les tient non ſeulement pour verita-bles, mais pour grandement auctoriſées & ſacroſainctes. De telle marque en trouvons-nous pluſieurs tant en Grece qu'en la Ville de Rome. Et de cette même façon avons-nous preſque tiré entre nous, l'ancienne opinion que nous euſmes de l'Auriflamme, l'invention de nos Fleurs de Lys que nous attribuons à la Divinité, & pluſieurs autres telles choſes, leſquelles bien qu'elles ne ſoient aidées d'Autheurs anciens, ſi eſt-ce qu'il eſt bien ſeant à tout bon Ci-toyen de les croire pour la majeſté de l'Empire.* Tout cela reduit à ſa juſte valeur, ſignifie, que c'eſt par complaiſance qu'il faut croire ces ſortes de choſes, *ch'il crederle è corteſia.*———Dans un autre endroit du même Ou-vrage (*Liv. II. ch.* 17.) Paſquier remarque qu'il y a eu des Rois de France qui ont eu pour Armoiries *Trois Crapaux*, mais que CLOVIS, *pour rendre ſon Royaume plus miraculeux, ſe fit apporter par un Hermite, comme par advertiſſement du Ciel, les fleurs de Lys leſquelles ſe ſont continuées juſques à nous.* Ce dernier Paſſage n'a pas befoin de commentaire. L'Auteur y déclare fort nettement & ſans détour, à qui l'on doit attribuer *l'invention de Fleurs de Lys.*

en la guerre, que encores qu'ils naiſſent Roys, ſi ſemble-il qu'ils ont eſté non pas faits comme les autres par la nature, mais choiſis par le Dieu tout-puiſſant, devant que naiſtre, pour le gouvernement & la garde de ce Royaume. Encores quand cela n'y ſeroit pas, ſi ne voudrois-je pas entrer en lice, pour debattre la verité de nos hiſtoires, ny l'eſplucher ſi privement pour ne tollir ce bel eſtat, où ſe pourra fort eſcrimer noſtre Poëſie Françoiſe, maintenant non pas accouſtrée, mais, comme il ſemble, faite toute à neuf, par noſtre *Ronſard*, noſtre *Baif*, noſtre *du Bellay*, qui en cela avancent bien tant noſtre Langue, que j'oſe eſperer, que bien-toſt les Grecs ny les Latins n'auront gueres pour ce regard devant nous, ſinon poſſible que le droit d'aiſneſſe. Et certes je ferois grand tort à noſtre rithme (car j'uſe volontiers de ce mot, & il ne me deſplait) pource qu'encores que pluſieurs l'euſſent renduë mechanique, toutefois je voy aſſez de gens, qui ſont à meſmes pour li r'anoblir, & luy rendre ſon premier honneur. Mais je luy ferois, dy-je, grand tort de luy oſter maintenant ces beaux contes du Roy *Clovis*, auſquels desja je voy, ce me ſemble, combien plaiſamment, combien à ſon aiſe s'y eſgayera la veine de noſtre Ronſard en ſa *Franciade*. J'entens ſa portée, je conois l'eſprit aigu, je ſçay la grace de l'homme. Il fera ſes beſongnes de l'Oriflan, auſſi bien que les Romains de leurs Anciles, [d] & *des boucliers*

[d] ———— *Et lapſa ancilia Cœlo.*
VIRG. *Æneid.* L. VIII. vſ. 664.

3

boucliers du Ciel en bas jettez, ce dit Virgile. Il mef-
nagera noftre Ampoulle auffi bien que les Atheniens
leur * panier d'Erifiċthone. Il fe parlera de nos armes
encores dans la tour de Minerve. Certes je ferois ou-
trageux de vouloir defmentir nos livres, & de courir
ainfi fur les terres de nos Poëtes. Mais pour revenir
d'où je ne fçay comment j'avois deftourné le fil de mon
propos, a-il jamais efté que les Tyrans, pour s'affeurer,
n'ayent tousjours tafché d'accouftumer le peuple envers
eux, non pas feulement à l'obeïffance & fervitude, mais
encores à devotion? Donques ce que j'ay dit jufques

---

* Dans les deux Editions que j'ai données de LA SERVITUDE VO-
LONTAIRE, je n'avois pû rendre raifon de ce que veut dire ici *La Boëtie*: mais un habile homme qui a mis au jour en 1735, une traduction
Angloife de cet Ouvrage, d'un ftile plus net, plus coulant & plus poli que
l'Original, ayant mis ici une Note très-curieufe qui ne laiffe rien à defirer
fur cet article, la voici fidellement traduite en faveur de ceux qui pour-
roient ignorer comme moi, ce que c'eft que *le panier d'Erifiċthone.*
  " CALLIMAQUE dans fon *Hymne à Cérés* parle d'une Corbeille qu'on
" fuppofoit defcendre du Ciel, & qui étoit portée fur le foir dans le Tem-
" ple de cette Déeffe, lorfqu'on célébroit fa Fête. *Suidas* fur le mot
" Καηφοροι, *Porteurs de Corbeilles,* dit que la ceremonie des Corbeilles
" fut inftituée fous le Regne d'Erifiċthon, & c'eft peut-être fur cela que
" La Boëtie s'eft avifé de l'appeller *Panier d'Erifiċthone.* Il peut fem-
" bler d'ailleurs, que c'eft à quoi Callimaque fait allufion dans fon Hymne,
" ψ. 32. où il dit, ἁ χείρων Ἐρεσίχθονος ἅψατο βαλά, *qu'Erefiċthon prit une
" refolution plus impie,* à préfent qu'Erefiċthon infulte Cérés, & coupe un
" Arbre confacré à cette Déeffe: dont il fut puni par une Faim infatiable,
" comme *Ovide* le rapporte fort au long vers la fin du VIII Livre de fes
" Metamorphofes, d'après Callimaque de qui Ovide a emprunté cette
" Fable.——C'eft ainfi que le Traducteur Anglois a taché d'éclaircir cet
" endroit de *La Servitude Volontaire,* fur lequel M. *Cofte* n'avoit point
" fait de note, & qui paroit affez obfcur, de la maniere que la Boëtie a
" trouvé bon de l'exprimer.

M

icy, qui aprend les gens à servir volontiers, ne sert
gueres aux tyrans, que pour le menu & grossier populaire. Mais maintenant je viens à mon advis à un poinct
lequel est le secret & (45) le resourd de la domination,
le soustien & fondement de la Tyrannie. Qui pense
que les hallebardes des gardes, l'assiette du guet, garde
les Tyrans, à mon jugement se trompe fort: ils s'en ay-
dent, comme je croy, plus pour la formalité & espou-
vantail, que pour fiance qu'ils y ayent. Les Archers
gardent d'entrer dans les Palais les malhabiles, qui n'ont
nul moyen, non pas les bien armez, qui peuvent faire
quelque entreprinse. Certes des Empereurs Romains il
est aisé à compter, qu'il n'y en a pas eu tant, qui ayent
eschappé quelque danger par le secours de leurs Archers,
comme de ceux-là qui ont esté tuez par leurs gardes.
Ce ne sont pas les bandes de gens à cheval, ce ne sont
pas les compagnies de gens à pied, ce ne sont pas les
armes, qui defendent le Tyran. Mais on ne le croira
pas du premier coup: toutesfois il est vray. Ce sont
tousjours quatre ou cinq qui maintiennent le Tyran,
quatre ou cinq qui luy tiennent le pays tout en servage.
Tousjours il a esté, que cinq ou six ont eu l'oreille du
Tyran, & s'y sont aprochez d'eux-mesmes, ou bien ont
esté apellez par luy, pour estre les complices de ses cruautez, les compagnons de ses plaisirs, macquereaux de
ses voluptez, & communs au bien de ses pilleries. Ces

(45) *Le ressort.*

fix addreffent fi bien leur Chef, qu'il faut pour la focieté, qu'il foit mefchant, non pas feulement de fes
mefchancetez, mais encores des leurs. Ces fix ont fix
cens, qui profitent fous eux, & font de leurs fix cens
ce que les fix font au Tyran. Ces fix cens tiennent
fous eux fix mille, qu'ils ont eflevez en eftat, aufquels
ils ont fait donner, ou le gouvernement des Provinces,
ou le maniement des deniers, afin qu'ils tiennent la
main à leur avarice & cruauté, & qu'ils l'executent
quand il fera temps, & facent tant de mal d'ailleurs,
que ils ne puiffent durer que fous leur ombre, ny s'ex-
empter que par leur moyen des Loix & de la peine.
Grande eft la fuyte, qui vient aprés de cela. Et qui
voudra s'amufer à devuyder ce filet, il verra, que non
pas les fix mille, mais les cent mille, les millions, par
cefte corde, fe tiennent au Tyran, s'aydant d'icelle,
comme en Homere Jupiter qui fe vante, s'il tire la
chaine, d'amener vers foy tous les Dieux. Delà venoit
la creuë du Senat fous Jule, l'eftabliffement de nouveaux eftats, election d'offices, non pas certes, à bien
prendre, reformation de la Juftice, mais nouveaux
fouftiens de la Tyrannie. En fomme l'on en vient là
par les faveurs, par les gains, ou regains que l'on a avec
les Tyrans, qu'il fe trouve quafi autant de gens, aufquels la tyrannie femble eftre profitable, comme de
ceux, à qui la Liberté feroit agreable. Tout ainfi que
les Medecins difent, qu'à noftre corps s'il y a quelque

M 2

chofe de gafté, deflors qu'en autre endroit (46) il s'y bouge rien, il fe vient auffi toft rendre vers cefte partie vereufe: Pareillement deflors qu'un Roy s'eft declaré Tyran, tout le mauvais, toute la lie du Royaume, je ne dy pas un tas de larronneaux, & (47) d'efcrillez, qui ne peuvent gueres faire mal ny bien en une Republique: mais ceux qui font taxez d'une ardente ambition, & d'une notable avarice, s'amaffent autour de luy, & le fouftiennent, pour avoir part au butin, & eftre fous le grand Tyran, tyranneaux eux-mefmes. Ainfi font les grands voleurs & les fameux courfaires. Les uns defcouvrent le pays, les autres (48) chevalent les voyageurs, les uns font en embuche, les autres au guet, les uns maffacrent, les autres defpouillent, & encores qu'il y ait entre eux des préeminences, & que les uns ne foyent que valets, & les autres les chefs de l'affemblée, fi n'en y a-il à la fin pas un, qui ne fe fente du principal butin, au moins de la recherche. On dit bien que les Pirates Ciliciens ne s'affemblerent pas feulement en fi grand nombre, qu'il falluft envoyer contre eux Pompée le grand. Mais encores tirerent à leur alliance plufieurs belles Villes & grandes Citez, aux ha-

(46) *Il s'y fait quelque fermentation, quelque tumeur.*——De *Bouge, qui,* felon Nicot, *fignifie ce qui eft comme renflé, & fortant en tumeur,*——eft venu *bouger* dans le fens qu'on l'employe ici.

(47) De faquins, de gens perdus de reputation, qui ont été condamnez à avoir les oreilles coupées. ——*Efforillez* ou *Efforeillez,* Rei auribus diminuti: *Nicot.*

(48) Pourfuivent les voyageurs pour les détrouffer. *Chevaler un homme, comme on chevale les perdrix,* captare: *Nicot.*

vres, defquelles ils fe mettoyent en grande feureté, revenant des courfes, & pour recompenfe leur bailloyent
quelque proufit du recellement de leurs pilleries.

Ainfi le Tyran affervit les Sujets les uns par le moyen
des autres, & eft gardé par ceux, defquels, s'ils valoy-
ent rien, il fe devroit garder, mais, comme on dit,
pour fendre le bois il fe fait des coings du bois mefme.
Voila fes Archers, voila fes Gardes, voila fes Hallebar-
diers.   Il n'eft pas qu'eux-mefmes ne fouffrent quelquefois de luy.   Mais ces perdus, ces abandonnez de Dieu
& des hommes, font contents d'endurer du mal, pour
en faire, non pas à celuy qui leur en fait, mais à ceux
qui en endurent comme eux, & qui n'en peuvent mais.
Et toutesfois voyant ces gens-là, qui (49) naquettent le
Tyran, pour faire leurs befongnes de fa tyrannie, & de
la fervitude du peuple, il me prend fouvent esbahiffe-
ment de leur mefchanceté, & quelquefois quelque pitié
de leur grande fottife.   Car, à dire vray, qu'eft-ce autre chofe de s'approcher du Tyran, finon que de fe tirer plus arriere de la Liberté, & (par maniere de dire)
ferrer à deux mains & embraffer la fervitude?   Qu'ils
mettent un petit à part leur ambition, qu'ils fe def-
chargent un peu de leur avarice: & puis, qu'ils fe re-

---

(49) *Flattent le Tyran, lui font fervilement la Cour.*   Du temps de
Nicot on appelloit *Naquet* le Garçon, qui dans le Jeu de Paume fert les
Joueurs: & c'eft de ce mot, qui n'eft plus en ufage, qu'a été formé *Na-
queter*, ou *Nacqueter*, qu'on a confervé dans le *Dictionaire de l'Academie-
Françoife.*

gardent eux-mefmes, qu'ils fe reconoiffent, & ils verront clairement, que les villageois, les payfans, lefquels
tant qu'ils peuvent, ils foullent aux pieds, & en font
pis que des forfats ou efclaves: ils verront, dis-je, que
ceux-là ainfi mal-menez, font toutefois au prix d'eux
fortunez, & aucunement libres. Le laboureur & l'ar-
tifan, pour tant qu'ils foyent affervis, en font quittes,
en faifant ce qu'on leur dit. Mais le Tyran void les
autres qui font prés de luy, coquinans & mendians fa
faveur. Il ne faut pas feulement qu'ils facent ce qu'il
dit, mais qu'ils penfent ce qu'il veut, & fouvent, pour
luy fatisfaire, qu'ils previennent encore fes penfées. Ce
n'eft pas tout à eux de luy obeir, il faut encores luy
complaire; il faut qu'ils fe rompent, qu'ils fe tourmen-
tent, qu'ils fe tuent à travailler en fes affaires, & puis
qu'ils fe plaifent de fon plaifir, qu'ils laiffent leur gouft
pour le fien, qu'ils forcent leur complexion, qu'ils defpouillent leur naturel. Il faut qu'ils prennent garde à
fes paroles, à fa voix, à fes fignes, à fes yeux: qu'ils
n'ayent ni yeux, ni pieds, ni mains, que tout ne foit
au guet, pour efpier fes volontez, & pour defcouvrir fes
penfées. Cela eft-ce vivre heureufement? Cela s'ap-
pelle-il vivre? Eft-il au monde rien fi infupportable que
cela? Je ne dis pas à un homme bien nay, mais feulement à un qui ait le fens commun, ou fans plus, la
face d'un homme. Quelle condition eft plus miferable, que de vivre ainfi, qu'on n'ait rien à foy, tenant
d'autruy fon aife, fa liberté, fon corps & fa vie?

Mais ils veulent fervir, pour gaigner des biens: comme s'ils pouvoyent rien gaigner qui fuft à eux, puis que ils ne peuvent pas dire d'eux, qu'ils foyent à eux-mefmes. Et comme fi aucun pouvoit rien avoir de propre fous un Tyran, ils veulent faire que les biens foyent à eux, & ne fe fouviennent pas, que ce font eux, qui luy donnent la force, pour ofter tout à tous, & ne laiffer rien, qu'on puiffe dire eftre à perfonne. Ils voyent que rien ne rend les hommes fujets à fa cruauté, que les biens: qu'il n'y a aucun crime envers luy digne de mort, que le dequoy: qu'il n'aime que les richeffes: ne desfait que les riches, qui fe viennent prefenter comme devant le boucher, pour s'y offrir ainfi pleins & refaits, & luy en faire envie. Ces favorits ne fe doyvent pas tant fouvenir de ceux qui ont gaigné autour des Tyrans beaucoup de biens, comme de ceux qui ayans quelque temps amaffé, puis aprés y ont perdu & les biens & la vie. Il ne leur doit pas venir en l'efprit, combien d'autres y ont gaigné de richeffes, mais combien peu ceux-là les ont gardées. Qu'on defcouvre toutes les anciennes hiftoires, qu'on regarde toutes celles de noftre fouvenance, & on verra tout à plein, combien eft grand le nombre de ceux qui ayans gaigné par mauvais moyens l'oreille des Princes, & ayans ou employé leur mauvaiftié ou abufé de leur fimpleffe, à la fin par ceux-là mefmes ont efté aneantis, & autant que ils avoyent trouvé de facilité, pour les eflever, autant puis aprés y ont-ils trouvé d'inconftance pour les y conferver. Certainement en ſi grand nombre de gens, qui ont eſté jamais prés des mauvais Roys, il en eſt peu, ou comme point, qui n'ayent eſſayé quelquefois en eux-meſmes la cruauté du Tyran, qu'ils avoyent devant attiſée contre les autres: le plus ſouvent s'eſtans enrichis, ſous ombre de ſa faveur, des deſpouilles d'autruy, ils ont eux-meſmes enrichy les autres de leur deſpouille.

Les gens de bien meſmes, ſi quelquefois il s'en trouve quelcun aimé du Tyran, tant ſoyent-ils avant en ſa grace, tant reluiſe en eux la vertu & integrité, qui voire aux plus meſchans donne quelque reverence de ſoy, quand on la void de prés: mais les gens de bien meſmes ne ſauroyent durer, & faut qu'ils ſe ſentent du mal commun, & qu'à leurs deſpens ils eſprouvent la Tyrannie. Un Seneque, (50) un Burre, un Trazée, (51) ceſte terne de gens de bien, deſquels meſme les deux leur mauvaiſe fortune les approcha d'un Tyran, & leur mit en main le maniement de ſes afaires: tous deux eſtimez de luy, & cheris, & encore l'un l'avoit nourri, & avoit pour gage de ſon amitié, la nourriture de ſon enfance: mais ces trois-là ſont ſuffiſans teſmoins par leur cruelle mort, combien il y a peu de fiance en la faveur des mauvais maiſtres. Et à la verité, quelle amitié peut-on eſperer

(50) *Un Burrhus, un Thraſeas.*
(51) Ce *Trio,* pourroit-on dire aujourd'hui, s'il étoit permis d'employer le mot de *trio* dans un ſens grave & ſerieux, ce que l'Uſage défend abſolument.

en celuy, qui a bien le cœur fi dur, de haïr fon Royaume, qui ne fait que luy obeyr; & lequel, (52) pour
ne fe favoir pas encores aimer, s'appovrit luy-mefme, &
deftruit fon Empire?

Or fi on veut dire, (53) que ceux-là pour avoir bien
vefcu font tombez en ces inconveniens, qu'on regarde
hardiment autour (54) de celuy-là mefme, & on verra
que ceux qui vindrent en fa grace, & s'y maintindrent
par mefchancetez, ne furent pas de plus longue durée.
Qui a ouy parler d'amour fi abandonnée, d'affection fi
opiniaftre? Qui a jamais leu d'homme fi obftinément
acharné envers femme, que de celuy-là envers Poppée?
Or fut elle aprés (55) empoifonnée par luy-mefme.

(52) Car un Roi qui auroit les yeux ouverts fur fes interêts, ne fau-
roit s'empêcher de voir, qu'en *appauvriffant fes Sujets, il s'appauvriroit
auffi certainement lui-même, qu'un Jardinier qui aprés avoir cueilli le fruit
de fes Arbres, les couperoit pour les vendre.* C'eft ce qu'Alexandre le
Grand comprit fi bien, qu'il fe fit une loi de n'impofer aux Peuples qu'il
conquit en Afie, que le même tribut qu'ils avoient accoûtumé de payer à
Darius, fur quoi quelqu'un lui ayant remontré, qu'il pouvoit tirer de plus
gros revenus d'un fi grand Empire, il répondit, *Qu'il n'aimoit pas le Jardinier qui coupoit jufqu'à la racine des Choux dont il ne devoit cueillir que les
feuilles.* Cette réponfe eft fondée fur le fimple fens commun : cependant
on trouve dans l'Hiftoire quantité de Princes qui ont mieux aimé fuivre
l'exemple du Jardinier qui s'avife fottement de tarir lui-même la fource de
fon revenu, que d'imiter la fage moderation d'Alexandre, par laquelle il
s'affûroit un fonds de richeffes inépuifable.

(53) *Que Burrhus, Seneque, & Thrafeas ne font tombez dans ces inconveniens que pour avoir été gens de bien.*

(54) De *Neron.*

(55) Selon *Suetone* & *Tacite*, Neron la tua d'un coup de pied qu'il lui
donna dans le temps de fa groffeffe. *Poppæam*, dit le premier dans la

N

DISCOURS DE LA BOETIE,

Agrippine fa mere avoit tué fon mary *Claude*, pour luy faire place en l'Empire. Pour l'obliger elle n'avoit jamais fait difficulté de rien faire ny de fouffrir. Donc fon fils mefme, fon nourriffon, fon Empereur fait de fa main, (56) aprés l'avoir fouvent fallie, luy ofta la vie: & n'y eut lors perfonne, qui ne dift, qu'elle avoit fort bien merité cefte punition, fi c'euft efté par les mains de quelque autre, que de celuy qui la luy avoit baillée. Qui fut oncques plus aifé à manier, plus fimple, pour le dire mieux, plus vray niaiz, que Claude l'Empereur? Qui fut oncques plus coiffé de femme que luy de Meffaline? Il la mit enfin entre les mains du bourreau. La fimpleffe demeure tousjours aux Tyrans, s'ils en ont à ne favoir bien faire. Mais je ne fay comment à la fin, pour ufer de cruauté, mefmes envers ceux qui leur font prés, fi peu qu'ils ayent d'efprit, cela mefme s'efveille. Affez commun eft le beau mot (57) de ceftuy-là, qui voyant la gorge defcouverte de fa femme, qu'il aimoit le plus, & fans laquelle il fembloit

Vie de Neron, §. 35. *unicè dilexit. Et tamen ipfam quoque iĉtu calcis occidit.* Pour Tacite, il ajoûte que c'eft plûtôt par paffion que fur un fondement raifonnable, que quelques Ecrivains ont publié, que Poppée avoit été empoifonnée par Neron. *Poppæa*, dit-il, *mortem obiit, fortuitâ mariti iracundiâ, à quo gravida iĉtu calcis afflicta eft. Neque enim venenum crediderim, quamvis quidam Scriptores tradant, odio magis quàm ex fide.* Annal. L. XVI. *ab initio.*

(56) Voyez *Suetone* dans la Vie de Neron, §. 34.

(57) De *Caligula*, lequel, dit Suetone dans fa Vie, §. 33. *Quoties uxoris vel amiculæ collum exofcularetur, addebat, tàm bona cervix, fimul ac juffero, demetur.*

qu'il n'euft fceu vivre, il la careffa de cefte belle parole, *Le beau col fera tantoft couppé, fi je le commande.*
Voila pourquoy la plufpart des Tyrans anciens eftoyent
communément tuez par leurs favoris, qui ayans conu
la nature de la Tyrannie, ne fe pouvoyent tant affeurer de la volonté du Tyran, comme ils fe desfioient de
fa puiffance. Ainfi fut tué Domitian (58) par Eftienne,
Commode (59) par une de fes amies mefmes, (60) Antonin par Marin, & de mefme quafi tous les autres.

C'eft cela, que certainement le Tyran n'eft jamais
aimé, ny n'aime. L'amitié, c'eft un nom facré, c'eft
une chofe fainéte, elle ne fe met jamais qu'entre gens
de bien, ne fe prend que par une mutuelle eftime: elle
s'entretient, non tant par un bienfait, que par la bonne
vie. Ce qui rend un ami affeuré de l'autre, c'eft la
conoiffance qu'il a de fon integrité. Les refpondans
qu'il en a, c'eft fon bon naturel, la foy, & la con-
ftance. Il n'y peut avoir d'amitié, là où eft la cruauté, là où eft la defloyauté, là où eft l'injuftice. Entre
les mefchans quand ils s'affemblent, c'eft un complot,

(58) *Suetone,* dans la Vie de *Domitien,* §. 17.
(59) Qui fe nommoit *Marcia:* Herodien, L. I.
(60) *Antonin Caracalla* qu'un Centurion nommé *Martial,* tua d'un
coup de poignard, à l'inftigation de *Macrin,* comme on peut voir dans
Herodien, L. IV. vers la fin.——C'eft fans doute l'Imprimeur qui a mis
ici *Marin* au lieu de *Macrin.* Etienne de la Boëtie ne pouvoit pas fe
tromper au nom de *Macrin:* trop connu dans l'Hiftoire, puifqu'il fut élu
Empereur à la place d'Antonin Caracalla.

N 2

non pas compagnie. Ils ne s'entretiennent pas, mais ils s'entrecraignent. Ils ne font pas amis, mais ils font complices.

Or quand bien cela n'empefcheroit point, encores feroit-il mal-aifé de trouver en un Tyran un' amour affeurée : parce qu'eftant au deffus de tous, & n'ayant point de compagnon, il eft desja au de là des bornes de l'amitié, qui a fon gibier en l'equité, qui ne veut jamais clocher, ains eft tousjours efgale. Voila pourquoy il y a bien (ce dit-on) entre les volleurs quelque foy au partage du butin, pource qu'ils font pairs & compagnons, & que s'ils ne s'entr'aiment, au moins ils s'entrecraignent : & ne veulent pas, en fe defuniffant, rendre la force moindre. Mais du Tyran, ceux qui font les favorits, ne peuvent jamais avoir aucune affeurance, de tant qu'il a apprins d'eux mefmes, qu'il peut tout, & qu'il n'y a ny droit ny devoir aucun, qui l'oblige, faifant fon eftat de compter fa volonté pour raifon, & n'avoir compagnon aucun, mais d'eftre de tous maiftre. Donques n'eft-ce pas grand'pitié, que voyant tant d'exemples apparents, voyant le danger fi prefent, perfonne ne fe vueille faire fage aux defpens d'autruy ? & que tant de gens s'approchent fi volontiers des Tyrans, qu'il n'y ait pas un, qui ait l'advifement & la hardieffe de leur dire, ce que dit (comme porte le conte) le Renard au Lyon, qui faifoit le malade : *je t'irois voir de bon cœur en ta tafniere : mais je voy affez de traces de*

*beſtes, qui vont en avant vers toy, mais en arriere qui
reviennent, je n'en voy pas une.*

Ces miſerables voyent reluire les threſors du Tyran,
& regardent tous eſtonnez les rayons de ſa braverie, &
allechez de ceſte clarté ils s'approchent & ne voyent
pas, qu'ils ſe mettent dans la flamme, qui ne peut faillir à les conſumer. Ainſi le Satyre indiſcret (comme
diſent les fables) voyant eſclairer le feu trouvé par le
ſage Promethé, (61) le trouva ſi beau, qu'il l'alla baiſer, & ſe bruſler. Ainſi le Papillon, qui eſperant jouyr
de quelque plaiſir, ſe met dans le feu, pource qu'il re-
luit, il eſprouve l'autre vertu, cela qui bruſle, ce dit le
Poëte Lucan. Mais encores mettons que ces mignons
eſchappent les mains de celuy qu'ils ſervent. Ils ne ſe
ſauvent jamais du Roy, qui vient après. S'il eſt bon,
il faut rendre compte, & reconnoiſtre au moins lors la
raiſon. S'il eſt mauvais, & pareil à leur maiſtre, il ne
ſera pas, qu'il n'ait auſſi bien ſes favoris, leſquels communément ne ſont pas contens d'avoir à leur tour la
place des autres, s'ils n'ont encores le plus ſouvent & les
biens & la vie. Se peut-il donc faire, qu'il ſe trouve
aucun, qui en ſi grand peril, avec ſi peu d'aſſeurance,

---

(61) Ceci eſt pris d'un Traité de Plutarque, intitulé *Comment on pourra
recevoir utilité de ſes Ennemis*, ch. 2. de la Traduction d'Amyot, dont
voici les propres paroles: *Le Satyre voulut baiſer, & embraſſer le feu la
premiere fois qu'il le vid: mais Prometheus luy cria, Bouquin, tu pleure-
ras la barbe de ton menton, car il bruſle quand on y touche.*

vueille prendre cefte malheureufe place, de fervir en fi grand'peine un fi dangereux maiftre? Quelle peine, quel martyre eft-ce, vray Dieu? Eftre nuiƈt & jour a-prés pour fonger pour plaire à un, & neantmoins fe craindre de luy, plus que d'homme du monde: avoir tousjours l'œil au guet, l'oreille aux efcoutes, pour ef-pier d'où viendra le coup, pour defcouvrir les embu-ches, pour fentir la mine de fes compagnons, pour ad-vifer qui le trahit, rire à chafcun, fe craindre de tous, n'avoir aucun ni ennemy ouvert, ny amy affeuré: ayant tousjours le vifage riant & le cœur tranfy: ne pouvoir eftre joyeux, & n'ofer eftre trifte?

Mais c'eft plaifir de confiderer, qu'eft-ce qui leur revient de ce grand tourment, & le bien qu'ils peuvent attendre de leur peine & de cefte miferable vie. Vo-lontiers le peuple du mal qu'il fouffre, n'en accufe pas le Tyran, mais ceux qui le gouvernent. Ceux-là, les peuples, les Nations, tout le monde à l'envy, jufques aux payfans, jufques aux laboureurs, ils favent leurs noms, ils defchiffrent leurs vices: ils amaffent fur eux mille outrages, mille vilenies, mille maudiffons. Toutes leurs oraifons, tous leurs vœux font contre ceux-là. Tous les malheurs, toutes les peftes, toutes les famines, ils les leur reprochent: & fi quelquefois ils leur font par apparence quelque honneur, lors mefmes ils les mau-gréent en leur cœur, & les ont en horreur plus eftrange, que les beftes fauvages. Voila la gloire, voila l'honneur qu'ils reçoyvent de leur fervice envers les gens, defquels quand chafcun auroit une piece de leur corps, ils ne feroyent pas encores (ce femble) fatisfaits, ny à demy faoulez de leur peine. Mais certes encores aprés qu'ils font morts, ceux qui viennent aprés, ne font jamais fi pareffeux, que le nom de ces (62) *Mange-peuples* ne foit noircy de l'encre de mille plumes, & leur reputation defchirée dans mille Livres, & les os mefmes, par maniere de dire, trainez par la pofterité, les puniffant encores aprés la mort de leur mefchante vie. Apprenons donques quelquefois, apprenons à bien faire. Levons les yeux vers le Ciel, ou bien pour noftre honneur, ou pour l'amour de la mefme vertu, à Dieu tout-puiffant, affeuré tefmoin de nos faits, & jufte Juge de nos fautes. De ma part, je penfe bien, & ne fuis pas trompé, puis qu'il n'eft rien fi contraire à Dieu tout liberal & debonnaire, que la tyrannie: qu'il referve bien là-bas à part pour les Tyrans & leurs complices, quelque peine particuliere.

(62) C'eft le titre qu'on donne à un Roi dans *Homere* (Δημόβορος βασιλεύς, *Iliad.* A. vf. 341.) & dont *La Boëtie* regale trés-juftement ces Premiers Miniftres, ces Intendans ou Surintendans des Finances qui par les impofitions exceffives & injuftes dont ils accablent le Peuple, gâtant & depeuplant les Païs dont on leur a abandonné le foin, font bien-tôt d'un puiffant Royaume où fleuriffoient les Arts, l'Agriculture, & le Commerce, un Defert affreux où regne la Barbarie, & la Pauvreté, jettent le Prince dans l'indigence, le rendent odieux à ce qui lui refte de Sujets, & méprifable à fes Voifins. Ce font là des *Mangeurs de Peuple* qui aiment bien moins les Hommes qu'un Jardinier n'aime les Arbres de fon Jardin. Auffi ne fongent-ils qu'à profiter du degât qu'ils font, fans fe mettre en peine de ce qui pourra arriver au Jardin, ou au Maître du Jardin.

F I N.